외로움은 풍화되지 않는다

여행스케치 1

외로움은 풍화되지 않는다

발 행 | 2021년 08월 09일

저 자 | 류길문

펴낸이 | 한건희

펴낸곳 | 주식회사 부크크

출판사등록 | 2014.07.15.(제2014-16호)

주 소 | 서울특별시 금천구 가산디지털1로 119 SK트윈타워 A동 305호

전 화 | 1670-8316

이메일 | info@bookk.co.kr

ISBN | 979-11-372-5301-8

www.bookk.co.kr

외로움은 풍화되지 않는다

여행스케치 1

류길문 지음

CONTENT

책 머리에

어찌 하다 보니 하게 되었다. 딱히 목적이 있어서 시작한 것이 아니다.
걷다보니 산 정상에 오르는 것처럼 쓰다 보니 글이 되었다.

경계인으로 살았던 듯하다. 인문학과 사회과학 사이 어딘가. 생활수단으
로 사회과학을 활용하려 했으나 여의치 않아서 인문학을 하게 된 것은
아니다.

어쩌면 지금 입고 있는 옷이 제일 잘 어울리는 것 같다.
이제야 제자리에 온 듯하다. 너무 많은 시간이 지났다. 혼자 멈춘 시간 속에 산 것
같은데 남들은 아니란다. 너도 같이 살았다고 한다.

후회해도 소용이 없다는 것을 진즉에 깨달았다면 달라졌을 뭔가가 있었을 것 같은
데, 정말 그랬을까 생각이 들기도 한다.

때론 선택의 여지가 없다는 것이 좋을 수 있다. 그냥 하면 되기 때문이다.
생활인임에도 불구하고 너무 늦게 인정했다. 아니, 받아들이지를 못했다.

이리될 줄 알면서도 어쩔 수 없음을 알면서도 이제 기꺼이 할 시간만 남았다.
사는가 싶게 살았는데 앞으로도 그리 살 것이라고 확신한다.

01. 갑사, 봄

"아는 만큼 보인다." 이 구절은 유홍준이 《나의 문화유산답사기》(2011)에서 언급하면서 명언이 되었다. 그의 책들을 다 읽어보지 않았다 해도 뭔가 아는 체를 할 경우 이 표현을 사용하면 뭔가 겸손해지는 듯하다. 왜냐하면 아는 만큼의 '아는' 만큼은 정말 사람마다 다 다를 테니까. 그럼 내가 보는 세상은 얼마만큼만 아는 것일까?

갑사도 그런 경우다. 아는 게 늘어날수록 보이는 게 더 늘어났듯이. 갑사를 처음 들어본 대부분의 사람은 '갑사로 가는 길'이란 수필 때문일 것이다. 갑사라는 절이 경주의 불국사, 합천의 해인사, 보은의 법주사 등과 같이 큰 사찰이 아니지만, 지명도만큼 뒤지지 않는 것은 그 글이 준 영향 때문일 것이다. 갑사 가는 길이야 계룡산에서도 몇 가지 경우의 수가 있지만 '갑사로 가는 길'이란 제목을 생각해보면 갑사에 도달하지 않은 글이란 것을 눈치 빠른 사람들은 알아챘을 것이다. 아무튼 언젠가 학생 때 배웠던 이상보의 수필 덕에 갑사라는 단어는 머릿속에 남아 있었다. 수필 제목도 갑사 가는 길로 기억을 한 것으로 봐서 우리 기억을 그리 믿을 게 못 되지만 갑사라는 단어를 기억하게 한 것이 교과서였다는 것이 중요한 것 같다. 교과서에서 배우지 않았다면 어디서 배웠을까? 누군가 쓴 텍스트가 누군가의 기억 속에 남으니까. 비록 완전하지 않다고 해도. 그렇다 텍스트가 있어야 한다.

그런 갑사가 일상으로 스며든 것은 공주에 살 게 되면서였다. 그건 불가피한 선택이었고 선택할 능력이 되지 못한 사람들이 그러하듯 나도 그런 갑사를 기꺼이 받아들인 것은 아니었다. 시간이 뭉텅이로 남아서 주체할 수 없을 때 가는, 동학사에서 시작하는 들머리 산행의 말머리로 선택하는 곳. 공주 인근 산이란 산은 대부분 다녔고 대전에서 출발하는 산악회를 따라 지리산 칠선계곡, 왕피천, 북바위산, 월출산, 오대산, 청량산, 오서산, 벽방산 등 먼 곳까지 다녀온 후 더 돌아다니고 싶지 않을 때 가는 절의 하나였다. 그런데 어느 날부터 갑사 대웅전 앞 의자에 앉아 삼불봉을 올려다보면 언젠가부터 마음이 평온해지기 시작했다. 계룡산 주변이 정감록에도 나오고 기도 발 좋은 명당이라 많은 민속신앙이 일찍부터 자리를 잡았다거나 후에 알게 된 갑사가 금 닭이 알을 품은 금계포란형이거나 계룡산 일대가 수태극 산태극 형세의 기도 발 좋은 명당이라는 말들에 영향을 받은 것은 아닌 듯했다.

10여 년 전에 부모님 집에 왔다 들렀던 갑사가 봄에는 마곡사가 가을에는 갑사가 좋다(춘마추갑)는 구절에 힘입어 늦가을 정취에 흠뻑 빠졌던 갑사가 그 갑사가 새삼스럽게 달라 보인 것은 무엇이었을까? 아는 만큼 더 보기 위해서 인터넷을 뒤져가며 갑사에 대해 아는 지식을 넓혀갔기 때문은 아니다. 대부분 혼자 찾던 계룡산에 대한 기억이 동행하는 친구가 생겨 산행에 대한 마음의 상태가 달라졌기 때문도 아니다. 내가 몰랐던 갑사는 항상 거기 있었듯이 앞으로도 그곳에 있겠지만 '언제가' 그곳에 가지 못하는 날이 올 것이라는 예감 때문은 아니었을까? 내가 아는 만큼 갑사가 보이든 더 보이지 않던 갑사는 지금까지도 갑사일 것이고 앞으로도 갑사일 것이다. 그래서 갑사는 앞으로도 계속 누군가의 기억 속의 갑사가 될 것이다.

한편에서는 뭔가 달라졌기 때문일 것이다. 뭔가 받아들이는 이의 마음가짐이, 아는 만큼 보이는 것의 양과 폭이 사람마다 다른 것처럼, '세상' 그 텍스트를 해석하고 받아들이는 사람이 얼마나 적극적으로 받아들이느냐에 따라 달라지기 때문일 것이다.

'어찌할 수 없는 것을 받아들이는 겸허함과 어찌할 수 있는 것을 바꾸는 용기, 그리고 이를 구별하는 지혜1)' 어쩌면 이것이 답일 수 있겠다. 아는 만큼 보이는 것이 맞지만 그것으로 채워지지 않았던 남은 1%. 삶에 지친 사람들이 다시 삶을 찾기 위해 외운다는 이 기도문의 구절처럼 교과서 안에 갇혀있는 세상이 아니라 교과서란 텍스트를 나름의 방식으로 받아들이고 이해하는 지혜 말이다. 어쩌면 서기 50년쯤 사람인 에픽테토스가 이미 설파했던 '자기 자신의 주인이 되지 못하는 사람은 진정으로 자유로울 수 없는'2)것이기에, 신이 인간에게 준 최고의 선물인 의지로 주인으로서 살아가는 용기 말이다.

평온을 위하는 기도

라인홀드 니버(Reinhold Niebuhr)

주여,

바꿀 수 없는 것을 받아들이는 평온과

바꿀 수 있는 것을 바꾸는 용기를,

그리고 그 차이를 분별하는 지혜를 주옵소서.

한 번에 하루를 살게 하시고

한 번에 한 순간을 누리게 하시며,

어려운 일들을 평화에 이르는 좁은 길로 받아들이며,

죄로 가득한 세상을, 내가 갖고 싶은 대로가 아니라

그분께서 그러하였듯 있는 그대로 받아들이게 하시고

제가 그분의 뜻 아래 무릎 꿇을 때,

그분께서 바로잡으실 것을 믿게 하셔서

이생에서는 사리에 맞는 행복을

내 생에서는 영원토록 그분과 함께 다함이 없는 행복을 누리게 하옵소서.

02. 우성, 아버지

누군가 나이 들어가는 것을 지켜본다는 것이 쉬운 일은 아니다. 그게 어머니 돌아가신 후 혼자 남으신 아버지라면 말이다, 누군들 사연 없는 집안 있을까? 이제 늙어감이란 단어를 현실로 받아들여야만 하는 나이지만 그래서 어떤 이는 이를 '성숙'이라고 표현해도 그 자체가 주는 서글픔이 완전히 사라지지 않는 것 같다.

언젠가 친구와 대화를 나눈 적이 있다. 죽기를 원하는 사람들은 없다고. 아마 그런 대화로 기억을 한다. 아무리 곱씹어 봐도 그럴 것이다. 설령, 말기 암 환자라도 자기 죽음을 쉽게 받아들일 수 있을까? 죽음이 두려울 것이다. 이 세상에서 사랑하는 사람들과 헤어져야 하고, 알지 못하는 경험 해보지 못한 죽음 이후를 대비한다는 것이 쉬울까! 신앙으로 완전히 무장해서 내세를 믿는다고 해도 아마 죽음을 목전에 둔 사람이라면 누구든 두려울 것이다. 죽음이. 그래서 호스피스 전문병원이 필요할 것이다. 죽음을 준비하기 위해서. 잘 죽기 위해서.

어느 날 어머니 묘소 앞에서 "당신이 먼저 가서 다행"이라고 말씀하시던 아버지 심정을 어떻게 헤아릴 수 있을까! 그때 가슴속에서 '쿵'하는 소리가 들렸던 것이 아직도 생생하다. 그때 아버지는 죽음을 두려워해서 표현을 그렇게 한 것은 아닌 듯하다. 누군가 먼저 보내고 남게 되는 사람들의 아픔이 어쩌면 더 큰 것은 아닐는지. 후자로 남았다고 영원한 것도 아닐 텐데. 차라리 사랑하는 사람들에 둘러싸여서 먼저 가는 것이 더 좋지 않을까? 누군가 송가를 불러 줄 사람이 있다면 말이다. 한 번은 누구나 가야 하는 그 길을 아버지도 스스로 '떠남'에 대해서 많은 준비를 하시겠지!

우리 세대 대부분의 아버지가 그렇듯이 아버지도 일제 치하와 6·25 전쟁을 겪으셨다. 가난과 배고픔 등 생존이 가장 중심이었던 시대에서 증손자까지 보셨다고 하더라도 지금까지 '행복'을 느끼면서 사셨는지는 별개의 얘기인 것 같다. 이후 산업화 시대를 거쳐 AI, 생명공학, 나노 시대에 이르러 X세대와 밀레니얼 세대에 이르기까지 다양한 세대가 더불어 살면서 세대 간 공감을 얘기하는 것이 과연 현실적일까! 내가 아버지 세대와 '우리' 아버지를 제대로 받아들이고 사랑하고 있는 것일까! 우리가 보고 듣고 겪는 것은 특정 시점의 시대일 뿐이다. 비록 연속 선상의 시간이라고 하더라도. 인류가 기아, 전염 및 감염병, 전쟁의 시대를 거쳐 이제는 기대수명이 연장된 세상에서 우리의 가치관과 행복의 가치가 어떻게 하면 될지 쉽게 예측하기 어렵다. 다른 시대와 가치관을 이해하기도 쉽지 않게끔 현실은 그리 녹록하지 않다. 내일을 준비하면서 사는 사람도 그리 많지 않은 듯하다.

어느 날 텔레비전에서 일제 강점기에 친일한 사람들이 여전히 논란이 되는 것을 보면서 "그땐 대부분 친일했다"라는 아버지의 말씀에 잠시 혼란스러웠던 적이 있다. 아버지께서 친일하였다거나 모든 사람이 다 매국노였다는 말씀이 아니었음에도 불구하고 이기적인 인간 본성을 기초해본다면 옳고 그름을 떠나 누군가 살아온 각각의 굴곡진 인생을 쉽게 판단하지는 않

아야 할 듯하다. "죽는 날까지 한 점 부끄럼 없기를" 바랐던 사람들은 "잎새에 이는 바람에도 괴로워했을" 것이기 때문이다. 그런데 그렇지 않은 사람들은? 그냥 뻔뻔히 현실에 순응하면서 살아왔을까? 어떤 사람이 살아온 인생을 재단하거나 판단하지 말자는 것이다. 그냥 받아들이는 것도 훈련이 필요할 것이란 생각이 든다. 있는 그대로 받아들이는 훈련 말이다.

유발 하라리(2017)[3])가 지적한 것처럼 기아나 질병, 범죄, 테러, 그리고 전쟁으로 죽는 사람보다 자살로 죽는 사람이 많아진 풍요의 시대라도 개인이 직접 느낄 죽음이 주는 공포에 대한 어떤 위안거리를 찾기 쉽지 않다. 잠시 살아가는 것이 힘들었던지 죽음과 관련된 책들에 대해 깊은 감명을 받은 적이 있다. 그중에 대표적인 책들. 《4-3》. 책 제목이 아주 인상적인 것만큼 내용이 아주 서글프다. 바버라 파흘 에버하르트(2011)가 쓴 논픽션인데 "소리 죽여 흐느끼게 되는 책"이란 서평이 제대로 이 책을 설명해 주는 것 같다. 약간 결이 다르지만 《숨결이 바람 될 때》(폴 칼라니티, 2016)도 읽는 동안, 읽고 나서 뭔가 먹먹해지는 감정을 느끼기에 충분했다. 산다는 게 뭐 지란 의문을 던진 책들. 전자의 책이 어느 날 하루아침에 가족 4명이 1명으로 줄어든 비극적인 내용이라면 전도가 유망한 신경외과 의사가 젊은 나이에 요절하게 되는 안타까운 내용의 책이 후자이다. 이러나저러나 죽음을 다루는 책을 가볍게 읽을 수 없지 않을까. 그것도 소설이 아니라면 말이다. 그런데 평범한 사람의 죽음이라도 내 가족이나 사랑하는 사람이라면 받아들이는 그 깊이와 아픔이 다를 것이기 때문이다.

점점 쪼그라들고 말라가시는 육체를 부여잡고 출근할 때 잘 갔다 오라는 아버지가 계셔서 얼마나 다행인지, 그런 아버지가 살아계시는 것이 얼마나 마음이 안정되는지 이를 위로로 삼는다. 그분이 저 먼 곳으로 '소풍' 떠나실 때같이 가지 못하더라도 잘 가시도록 이제라도 조금씩 준비를 해야 하고 언젠가 아버지의 부재를 당황하지 않고 당당하게 받아들여야 한다. 이렇게 아버지의 삶을 반추하면서 그분의 아픔과 슬픔을 받아들이면서 배움을 얻는 것이 "삶을 완벽하게 만드는 것이 아니라, 있는 그대로 삶을 받아들일 줄 알게"4) 되는 것이다. 어머니의 죽음을 한동안 받아들이지 못한 것처럼 그날이 오면 이 과정을 반복하겠지만 이 또한 어찌할 수 없는 것으로 받아들이겠지.

오늘 아버지가 태어나고 자라고 늙어 가시는 이곳 우성면 일부를 걸어보았다. 아버지, 한 인간을 생각하며 걸으니 주변 풍경들이 다르게 와 닿는 것 같다. 그럼에도 하늘은 비가 예보되어서 그런지 흐리다. 아버지를 이해하고, 사랑하고 그분의 삶을 온 마음으로 받아들였냐고 하늘이 묻는 것 같다.

※ 참 고

우성면 유래 – 우정면과 성두면이 합해서 만들어진 지명. 북쪽의 우정면이라는 명칭은 인조가 이괄의 난으로 피난 중

에 소에게 물을 먹였다는 소 우물에서 유래한 것이다. 남쪽 금강 변의 성두면 이라는 명칭은 성터가 있기 때문에 붙

여진 이름이다. 이후 1914년 행정구역 개편 때 우정면과 성두면을 병합하고 우정면과 성두면의 이름을 따서 우성면

(牛城面)이라 하였다(네이버 백과사전).

03. 광장시장

우리나라 최초의 전통 상설시장은? 몰랐다. 알 필요가 없었겠지. 1905년에 설립되어 100여 년의 역사를 지닌 광장시장이다. 이때 광장은 시장이 광교와 장교 사이에 있어서 붙여진 이름이라는데 종로 쪽을 지나면서도 들러볼 생각을 전혀 해보지 못했다. 오랜만에 만난 친구와 낙원상가 일대를 쏘다니면서도 시장 입구를 잠시 쳐다보다 정작 저녁은 시장 인근 닭 한 마리 칼국수를 먹었으니까.

이 시장을 가기로 했었을 때 최인훈(1996)이 쓴 소설 《광장》이 떠올랐다. 애초에 같은 한자인 줄 알았는데 그나마 같은 한자도 아니었지만, 광장이란 소설이 왜 떠올랐을까? 공간으로써의 광장이 주는 의미 때문이었을까?

의식 없는 인간이 가능하지 않음에도 불구하고 뭔가 '의식' 있는 사람으로 행동하는 게 멋져 보였던 시절, 주인공 이명준이 북한을 선택하다 나중에 3세계를 선택한 후 자살로 끝나는 이 소설에 무척 감동을 하였던 것으로 기억한다. 뭔가 광장시장에 있을 것으로 예상했던 이런 의미심장함은 없었지만, 시장이 우리에게 주는 의미는 뭐지라는 원초적인 질문을 가지게 된 것만으로도 발품을 파는 것이 즐거웠다.

그런데 전통시장에 대한 지식이 부족해도 너무나 부족했다. 광장시장 주변에 방산시장도 있었고 그 일대에 상권이 왜 발달했는지 그리고 광장시장은 도대체 뭐가 유명한 시장인지도 몰랐다. 그저 빈대떡, 마약 김밥, 육회 등 먹거리로 유명하다는 것 외에는 아무런 사전 정보도 없었다. 시장에서 먹거리가 왜 중요한지조차도 생각하지 못했다. 그러나 나중에 둘러본 광장시장 2층이 한복 상권으로 유명한 곳이라는 것을 확인해본 것과 시장 그 자체가 인간의 역사와 함께 삶의 희로애락이 녹여있는 공간이란 것을 생각하게 된 것은 전적으로 박은숙(2008) 덕이었다. 걸어서 돌아다니기로 했을 때, 이곳저곳에 있는 시장을 방문하고 기록하면 좋겠다고 생각했을 때 막연히 누군가 이미 블로그 등을 통해 시장에 대해 기록을 다 했을 것이라는 생각을 했었다. 그런데 와! 감탄사가 절로 나오는 책을 발견한 것이다. 《시장의 역사》(2008)라니! 우리 인생의 일부이면서도 크게 생각하지 못했던 공간, 시장에 대한 역사를 기록으로 남겼다는 것에 대해서 역시 선구자가 있었다고 생각을 해본다. 시장에서 물건을 사면 뭔가 촌스럽고 마트나 백화점에 가서 상표가 도드라진 종이 백으로 뭔가를 담아오면 뿌듯해하던 시절을 생각하면서 말이다.

어릴 때 살았던 동네 초입에 가게들이 있었다. 옷 가게, 잡화점, 구둣가게 등. 지금 기억을 살려보면 추운 겨울날 임연수와 동태를 나무 도마에서 아저씨가 칼로 툭툭 잘라주던, 대폿집에서 막걸리를 거나하게 들던 사람들이 쌍소리 하며 싸우던, 사춘기 호기심으로 작부 집 열린 창문을 통해 여자들 옷 벗은 모습이나 보려고 기웃거리던 기억들이 지금 생각해보면 모

두 시장이란 공간에서 경험했었다.

그 후 시장은 기억 속에서 사라졌다. 아파트로 이사하면서 근처 굴다리 밑 아파트 개발에 밀려온 일부 가게에서 먼지떨이와 좀약 등 몇 가지 물품을 사던 기억이 남아있지만, 언제부터인지 물건을 집 근처 마트라는 공간에서 사면서 시장이란 단어를 잘 사용하지 않게 되었다. 이때 시장이란 전통시장이나 재래시장을 의미하고 이곳에 가는 것이 촌스러워서 그런 것은 아니었을까? 시장이 슈퍼마켓에서 마트로 변하는 과정이 편리함을 넘어서 우리 의식 속에 신분 상승이 되는 듯한 착각을 불러일으킨 것은 아니었을까?

1980년대 학생운동이 대학 캠퍼스를 휩쓸던 시절. 그땐 간혹 나이키 운동화 신고 시위에 나갔던 학생들이 있었다. 이런 학생들을 보고 나이키 신고 운동을 하느냐고 냉소적으로 학생들을 지적했던 사람이 있었다. 어쩌면 계층이나 신분을 상승하려고 대학에 간 것은 아니었을까? 소소한 물품 하나라도 마트나 백화점에서 구매할 때 느끼던 관성 속에도 깊숙이 허위의식이 감춰진 것은 아니었는지. 당시 게오르크 루카치가 지적했던 허위의식을 심각하게 받아들이고자 했던 그 자체가 이제는 빛바랜 허위의식처럼 들린다. 그냥 주어진 대로 살라는. 당시 시대에 맞서고자 했던 몸짓들이 신분 상승의 사다리를 타고 싶었던 본성을 감추고 행했던 위선은 아니었는지. 그래서 전통시장보다 마트에서 물건을 사는 것이 단순한 구매 활동임에도 불구하고 더 폼 나는 것은 아닌지. 아예 이제는 이런 생각과 고민조차 하지 않는 시대에 살고 있지만, 누군가 여전히 비좁고 냄새나고 불편한 공간에서 서로 부디 끼며 살아가는 우리 이웃들을 확인한 것과 눈을 잠시 돌리면 우리와 함께 공간을 다른 방식으로 살아가는 사람들을 목격한 것은 기대하지 않은 성과였다.

광장시장에 같이 간 선배를 통해 시장이란 곳이 사람과 사람이 모여 거래를 하고 흥정을 하고 대화를 나누다 보면 배가 고프고 그래서 먹거리 공간이 만들어졌다는 얘기, 근처 파고다 공원 등에 오는 어르신들이 시간 보내려 모였다가 출출함을 값싼 빈대떡과 막걸리로 해결하기 위해 광장시장 왔고 그로 인해 먹거리가 한 곳에 자리를 잡았을 거라는 해석은 신선

하게 다가왔다.

그런데 역사의 한 장면으로 기억되고 사라질 전통시장을 부활시킨 것은 소셜미디어(SNS)의 힘이었다고 생각된다. 쇠락해가는 전통시장의 부활을 알린 것은 비록 먹거리와 흥밋거리에 치중한 내용이지만 IT 기술에 능숙한 젊은 세대들이었다. 아이러니하다. 이들이 시장에 가서 심각하게 계급 의식을 느꼈을 것 같지 않고 시장이란 공간에서 살아가는 보통 사람들의 삶이 갑자기 인터넷 세대들이 본받아야 할 내용으로 그들한테 받아들여진 것 같지 않다. 분명한 것은 일인 미디어를 통해 주목받고자 하는 욕망이 낡고 불편한 것을 새롭고 신기한 것으로 부활시킨 것은 아니었는지. 아마 앞에서 언급한 책의 저자가 지금 다시 그 주제로 책을 쓴다면 새로운 내용과 해석이 흥미롭게 기술될 것이다.

먹거리에 대한 먹방 열풍이 불면서 일인 미디어의 발달에 힘입어 과거 촌스럽거나 독특하거나 예스러운 것이 새롭게 재해석되고 다른 세대로 대물림되는 것을 지켜보는 것은 이번 방문이 주는 최대의 성과인 것 같다.

겨울철 광장시장을 방문한 외국인들이 난방되는 의자에 앉자 빈속을 채우는 광경과 색다름을 체험하고자 방문하는 외국인들이 입소문을 확인하러 전통시장을 방문하는 흐름이 얼마나 지속할지 예측하기 어렵다. 이런 흐름이 쇠락해가는 전통시장을 살릴 것으로 생각되지 않는다. 이런 흐름이 영속되지는 않겠지만 적어도 오늘을 사는 젊은 세대에게 인간이 서로 부대끼며 희로애락을 느끼는 공간이 시장이라는 것을 잠시나마 느끼게 해주고 전통이 재해석되면서 흥미로운 현상을 발견하는 것만으로도 전통시장의 가치는 충분하게 느껴졌다. 몇 번의 방문으로 보통 사람들의 삶의 애환을 느낄 수 없겠지만, 역시 발품을 팔아야 배고프고 그래서 시켜 먹는 빈대떡과 마약 김밥 등이 맛있게 느껴지듯이 전통시장의 가치와 느낌도 자주 가다 보면 눈에 보이는 것들이 점차 늘어날 것이다. 평상시 시장에서 벌어지는 호객행위가 불편하게 느껴졌지만, 오늘따라 손님들에 대한 호객행위가 정겹게 느껴졌다. 어디서 이를 경험해볼까!

04. 정독도서관

저게 뭐지?

프레스센터 앞마당을 지나며 바라본 청와대 뒤 삼각산 왼편으로 보이는 살짝 튀어나온 부분. 헐! 북한산 봉우리에 있는 통신탑인 듯했다. 그게 보이다니.

이런 순간이 일 년에 몇 번이나 될까? 최근 가물었다고 건조주의보가 계속 내렸었는데 비가 이틀 정도 연속 온 덕분이다. 이럴 수가! 서울 하늘의 속살이 드러난 듯했다. 온갖 미세먼지로 마음마저 뿌연 것이 요즘 봄날의 일상이었는데 코로나의 역설인가? 가시거리가 얼마나 될까, 가슴이 뻥 뚫리는 게 코로나가 두렵지 않았다. 인간은 자연과 더불어 살아온 동물임이 틀림없다. 날씨에 따라 사람의 감정이 이렇게 달라지는 것을 보니. 마스크 없이 한껏 호흡하며 걷는 걸음이 가벼웠다.

도서관 이름이 웬 정독(正讀)? 다독이나 속독과 달리 글자의 의미를 자세히 읽는 것이 정독(精讀)인데 한자어가 다르다. 바를 정자라? 올바르게 읽다! 모르겠다. 미천한 지식 다 드러날라. 행선지를 정독도서관으로 결정한 것은 언젠가 거기에 갔었는데 하는 막연한 기억 때문이었다. 도서관에 자리 잡고 공부하려고 새벽부터 서둘러 도서관에 갔다가 피곤해서 잠만 자다 나온 기억, 이곳에서만 그랬을까? 공부한답시고 아침 일찍 일어나 도서관에 가는 것은 좋았지만 그 후유증으로 책상에 엎드려 자다가 그래도 피로가 안 풀려 나중엔 건물 밖 의자에서 드러누워 자던 기억들. 아마, 학교에서 우등생이 되지 못한 이유인 것 같다. 체력 부족 때문인지 의지 부족 때문인지. 머리도 부족했겠지?

쾌청한 날씨로 인해 기분 좋게 돌아와서 글을 쓰려니 지식이 부족해서 인터넷을 뒤지다 두 손 다 들고 말았다. 도서관에 대한 얘기가 많아 봐야 얼마나 많을까! 정독도서관 자리가 경기고등학교 자리였다는 것과 이 학교가 1900년 대한제국 시대에 개교한 가장 오랜 역사의 학교 정도, 그리고 이 학교 출신들이 한국 사회에서 많은 요직을 차지했었던 한때 최고의 고등학교라는 내용이면 충분할 줄 알았는데 그게 아니었다. 이럴 땐 가장 쉬운 방법이 있다. 세상엔 고수가 널려 있는 법, 단지 드러나지 않았을 뿐. 이젠 드러나지 않을 수도 없는 시대 아니던가. 중국 무협 소설이나 영화에 나오는 고수들은 은둔하면서 때를 기다리는데 이젠 때란 따로 있을 수가 없을 것이다. 적어도 활자로 기록된 것이라면 이제 컴퓨터 알고리즘이 강력한 무기가 되어 그물망에 걸린 물고기들을 어떻게든 세상에 드러내니까.

그런데 정작 이 일대 주변 고개에 붉은 흙이 많아 홍현(紅峴)이라 불렸으며 겸재 정선이 인왕제색도를 그린 자리이기도 하고 근대 조선 개화파의 집터였다는 그런 역사적 사실에 관심이 가지 않았다. 시청에서 정독도서관까지 걸어가는 동안 보이는 주변의 풍광이 이날의 날씨만큼 멋진 선물이 되었다는 것이다. 경복궁 동편 출입구 뒤로 보이는 안산과 청와대 뒤 삼각산까지 그래서 이곳에 왕궁이 지어졌을 것이라는 풍수적 이점과 더불어 국립현대미술관 서울관이 경복궁의 예스러움과 맞물리면서 멋진 앙상블을 느끼게 했다. 과거와 현대의 조화! 아마 이곳이 법으로 개발을 제한해서 이런 풍경을 선사한 것이겠지만 미술관 뒤 정독도서관 주변, 북촌 지역이 주는 올망졸망함은 한강 변 최고의 아파트들이 주는 현대적인 느낌에 비해서 전혀 손색이 없었다. 낮은 건물들이 시야를 가리지 않고 주변과 조화로운 것에 더해 푸른 하늘까지 더할 나위 없이 좋았고 정감 어리게 다가왔다. 현재 북촌 지역이 상업화와 젠드리피케이션(gentrification)으로 몸살을 앓고 있더라도 전쟁 후 불가피하게 시멘트로 재건된 서울 한복판에 이런 공간이라도 남아 비록 관광객들의 눈요깃거리라도 지속하였으면 하는 바람이다.

정독도서관 입구 작은 언덕을 오르면서 왼편에 보이는 화기 도감 터, 성삼문 주거 터, 중등교육 발상 터라는 표지석이 이미 발품팔이에 대한 충분한 보상이 되고 남았다. 몰랐던 사실들을 하나하나 발견하는 재미가 역시 쏠쏠하다. 그리고 도착한 도서관. 풍수지리에 대해 잘 모르지만, 이 지역과 이 터가 주는 의미를 조금이나마 알 수 있었다. 눈의 시야를 가리지 않는 주변 환경과 벤치에 앉아 오후 한낮의 여유를 즐기는 사람들. 북촌 골목이 사람들로 붐비는 것과는 대조되는 이 조화로움. 인터넷 검색을 해보니 이미 이곳은 봄날 벚꽃 나들이 공간으로 자리 잡고 있었다. 평온함과 안락함!

언젠가 대덕연구개발특구를 지난 적이 있다. 이곳을 연구개발의 중심지로 삼은 혜안이 감탄스럽지만, 그 주변 연구개발 관련 건물들과 주변 주택들이 그렇게 조화롭고 멋지게 느껴지다니. 땅덩어리가 넓은 미국의 어느 한적한 대학촌을 방문한 느낌이어서 지나가는 내내 눈을 떼지 못했다. 이런 곳에 살면서 연구소에 출퇴근하는 사람들은 얼마나 좋을까! 땅덩어리는 작고 인구는 많은 우리에게 적합한 개발 방식은 뭘까? 토지면적이 작아 수평으로 퍼지는 건축물을 질 수 없었기에 수직으로 높은 건물을 짓고 그러다 높은 층일수록 좋은 거주지와 사무용지로 되어 비싼 가격에 팔리는 현상이 일반적이지만 낮은 높이의 건물들이 주변 풍경들을 거스르지 않고 들어서서 자연과 인간이 조화롭게 적응되는 것이 바람직한 것은 아닌지! 사람들 기호가 서로 다름을 인정해야겠지만 통칭 북촌이란 지역이 더 개발에 밀리지 않고 보존되었으면 하는 바람이다. 주상복합건물과 아파트가 들어설 수밖에 없는 좁은 땅에서 이윤을 많이 내려는 인간들의 탐욕과 맞서야겠지만, 땅의 기운을 직접 느끼면서도 주변 환경과 조화로운 건물에 거주한다는 것이 사치로 들리지만, 정독도서관을 오가며 주변 풍경이 주는 편안함 만큼 우리 모두 느끼면서 하루하루 살아갔으면 하는 바람이다. 그건 그렇고 조만간 14층 아파트로 이사 가야 하는데. 나 참!!

※ 고 - 정독도서관 근처 식사할 만한 곳.

05. 삼청공원, 말 바위

누군가로부터 기억된다는 게 무엇인가? "아프리카 스와힐리 족은 누군가 기억하는 한 '사사(sasa)'라 하고, 아무도 기억해 주지 않으면 비로소 진짜 죽었다는 뜻에서 '자마니(zamani)'라고 한다."

인간이 가장 평등할 때는 죽을 때인가? 누구든 죽으니까. 빈부의 격차가 평균수명과 밀접하게 관계있다는 것은 이미 알려져 있다. 누구든 죽지만 부자는 좀 더 늦게 죽거나 죽기 전까지 해볼 수 있는 것을 다 해보는 것 같다. 대부분 비용과 관련 있는 일들을. 그럼 죽음은 불공평한 것인가? 모두 다 죽기 때문에 죽음은 평등하지만 죽는 과정은 불평등한 것 같다. 스와힐리 족처럼 누군가 죽었는데 누군가 그 사람을 기억하는 사람이 있다면 진짜 죽지 않은 것인가? 코끼리는 동료가 죽으면 사체 근처에서 코끼리들이 어떤 의식을 하는 것으로 알려져 있다. 그런데 코끼리만이 아닌 것 같다. 동물 다큐멘터리를 보니 기린도 사자에게 잡아먹힌 동료 사체를 쉽게 떠나지 못하고 냄새를 맡는 등 어떤 행동을 한다. 기린만 그럴까? 침팬지도 비슷한 행위를 보인다고 한다. 그러고 보면 죽음 이후 사후는 없나 보다. 부활이 마련되어 있다면 죽음을 슬퍼할 이유가 없지 않던가. 죽는 게 당연하듯이 내세도 당연하다면 그렇게 슬퍼할 이유가 있을까! 죽었는데 아무도 기억하지 않을 정도로 시간이 흐른다면 모르겠지만 죽는 것보다 살아있는데 아무도 기억해 주지 않는다면 그 삶은 죽음보다 더 비참한 것일까? 그렇다면 누군가로부터 기억되는 삶은 어떤 삶인가!

언제부턴가 답답하면 그냥 걷게 되었다. 대부분 목적지가 있다. 목적지 없

이 마냥 걷는다는 게 현실적으로 가능하지 않다. 그것도 직장인이 점심시간에 걷는다면 말이다. 걸어봤자 얼마나 걷겠는가? 목구멍이 포도청이라서 회사를 그만두지는 못하겠고 며칠만 참자, 며칠만 참자고 한 게 오늘까지 이르게 되었다. 백수인 친구들한테는 미안한 말이지만 그래도 백수가 아닌 게 얼마나 다행인지. 아침에 일어나 어딘가 갈 곳이 있다는 것이 얼마나 위로가 되는지. 삶이 그만큼 퍽퍽하기 때문이다. 아마, 우리 아버지 세대도 똑같이 느꼈을 것 같다. 내용과 형태만 다를 것이다. 회사를 그만두면 실행할 계획이 있다고 해도 직장을 그만둔다는 것이 그리 쉬운 일일까! 당장 그 많은 시간을 어떻게 보낼 것인가. 계획한다고 다 될까! 중년의 사내가 중도에서 궤도를 이탈한다는 것이 주는 무게감이 장난이 아니다. 그래서 남들도 그냥 직장을 다니는가 보다. 갈 때 가지 가보는 것이겠지.

공립중학교 선생이었다가 학교를 그만둔 친구가 있었다. 남들은 그 좋은 직장을 그만두냐고 물어보지만 더 애들을 성의를 다해 가르칠 자신이 없고 지쳤다고 말했던 기억이 난다. 친구는 연금을 탈 나이까지 버틴 것이니까 어느 정도 미래가 안정적이라고 할 수 있어 다행이다. 한국 사회에서는 재도전이 쉽지 않다. 그만큼 경쟁이 치열해서 재수라는 것을 쉽게 용인하는 사회가 아니다. 어쩌다 정치적인 목적으로 OECD에 들어갔다는데 그렇다고 국민들이 더 행복하게 사는 것 같지 않다. 물질적 풍요는 과거보다 분명 좋아진 것 같은데 자살률이 세계 1위 아니던가? 더불어 한국경제가 하방 곡선을 그리고 있다고 한다. 나아질 것이란 비전을 누구도 쉽게 제시해 주지 못하는 것이 현실이다. 요즘 취업이 안 된 조카의 얼굴이 자꾸 떠오른다. 우리 세대야 그렇다고 치고 다음 세대들은 어찌 될까. 그래서인지 오늘 발걸음이 가볍지 않았다. 그래도 걷다 보면 생각이 정리될 것이다. 아니, 잠시 잊는 것인가. 그 정리란 게 해결을 의미하지는 않지만 달리 대안도 없기에 오늘 하루도 이렇게 걸음을 재촉하며 걸어본다. 남들한테 기억되는 것은 내 의지와는 상관없지만 내가 '기억'하기 위해서 걷는 것은 내 의지대로 할 수 있다! 그래서 걷는다. 목적지는 삼청공원!

삼청공원에 왜 가냐고? 이유가 있어야 할까? 한 번도 가보지 않은 곳. 간

혹 마을버스로 오가면서도 들를 생각을 하지 않았던. 종로구 삼청동에 있어서 삼청공원인가? 인터넷 검색을 해보니 물 맑고(수청) 숲이 맑아(산청) 사람의 마음마저 맑은 곳(인청)이라서 삼청이라고 했다는데 그럴듯하다. 유발 하라리(2017)는 인간이 동물과 다른 특징 중의 하나가 사물이나 행동에 의미를 부여하는 것이라던데 의미를 참 멋지게 붙인다.

그런데 정말 그랬다. 삼청! 광화문 한복판이 아니니까 가능한 것이지만 도대체 강북지역이 아니면 어디서 이런 환경이 가능할까? 예상보다 사무실에 돌아온 시간이 많이 늦었던 것은 그것도 점심까지 못 먹고 그랬던 것은 걷다 보니 더 걸어서 그렇게 되었다. 이것도 내 자유의지! 처음이라서 어디서 어떻게 걸을까 하다 예상보다 공원 규모도 크고 둘러볼 곳과 가볼 곳이 많아 한 번에 안 되겠다 싶었다. 다음을 기약하며 오늘은 여기까지 자답했는데, 그 여기까지가 말 바위였다. 특히, 거기에 오르면 서울 시내가 내려다보인다고 하니 망설일 이유가 없었다.

공원 입구를 지나 올라가니 공원에 작은 벤치와 책장이 있다. 숲속에 웬 서가? 그런데 서가보다 오른편에 자리 잡은 자그마한 개울이 눈에 확 들어왔다. 서울 한복판에서 점심시간 때 물이 흐르는 숲을 경험하다니! 작은 시내가 더 적합한 표현일까? 작은 개울가를 지나 공원 입구에서 목표를 정한 말 바위가 쉽게 모습을 드러내지 않았다. 지도를 보니 아직도 더 올라가야 한다. 한여름의 더위라도 숲으로 우거져 더울 것 같지 않지만 아직은 5월이라서 그런지 한낮이어도 걷는 내내 더위를 느끼지 않았다. 간간이 산책하는 직장인 듯한 사람들의 모습도 보이고 행색이 원행 차림의 사람들과도 마주쳤는데 이 길을 따라 오른쪽으로 가면 종로구 와룡공원으로 넘어갈 수 있다. 그리고 한참을 더 오르면 서울성곽이 나오는데 그 성곽 왼편을 따라가면 조선 시대 만들어진 한양도성의 북쪽 대문인 숙정문을 만나는 것으로 지도는 그렇게 표기되어 있다. 갑자기 타임머신을 타고 과거로 가서 조선 시대 북쪽 도성인 숙정문을 드나드는 사람들을 만나고 싶다. 그러고 보니 오다가 만난 '옥호정 터'와 '지청천 장군 집터' 표지석이 생각난다. 이쪽 지역의 역사성을 알려주는 것 같은데 순조의 장인 영안 부원군 김조순의 재택이라는 옥호정보다 지청천 장군의 집터가 더 의미가 깊어 보인다. 조선 시대 지배계급이었을 이들의 생활보다 대한민국 임시정부 광복군 총사령관 지청천이란 이름이 더 중요하지 않던가! 누군가를 기억하기 위해 세우는 표지석도 산 사람을 위한 것이지만 산 사람들에게 어떻게 기억되는지도 중요한 것 같다. 옥호정터가 어찌 비교 대상이 될까!

와, 이 경치란! 역시 기대를 저버리지 않았다. 아니, 기대가 크지 않았기에 주는 감흥이 더 컸다. 특히, 말 바위 왼편 불쑥 튀어나온 바위가 서울 시내를 조망하고 쉬기에 더 좋게 보였다. 역시 누군가 바위에 앉아서 쉬고 있는데 다가가니 자리를 내준다. 멋진 풍경이 넉넉한 마음을 갖게 하는가 보다. 말 바위 유래 중에 "조선 시대에 문무백관이 시를 읊고 녹음을 만끽하며 가장 많이 쉬던 자리"라는 말이 딱 들어맞는 것 같다. 그리 높은 지역이 아닌 것 같았는데 서울 시내가 내려다보인다. 이런 경치를 느낄 수 있다니. 사실, 공원 입구에서 말 바위까지 거리가 꽤 된 것으로 기억한 다. 발걸음이 어느덧 무거워지고 지칠 즘이었다. 힘든 거야 스스로 왔으니 할 말이 없지만 올라오는 내내 마주한 5월의 싱그러운 녹음과 내려다 본 시원한 전경은 보상을 받기 충분했다. 그래, 누군가 나를 기억해주지 않아 도 나는 무언가를 기억할 수 있잖은가. 누군가로부터 기억되는 삶도 중요 하지만 그것을 의식하느니 내 스스로 기억할 것들을 하나하나 만들어가는 삶도 결코 뒤지지 않지 않을 것 같다. 지금도 늦지 않았다.

그건 그렇고 회사까지 어떻게 돌아가나! 밥은 어디서 먹는담?

06. 청계천, 여름

"인간은 생의 종말을 향해 간다. 아니다. 생 자체가 아니라, 무언가 다른 것, 그 생에서 가능한 모든 변화의 닫힘을 향해. 우리는 기나긴 휴지기를 부여받게 된다. 질문을 던질 시간적 여유를. 그 밖에 내가 잘못한 것은 무엇이었나?"5)

인간은 궁극적으로 생의 종말을 향해 간다. 그렇다면 청계천은? 청계천은 어디로 향해 흐르고 그 종착지는 어디일까? 어느 날 청계천 변을 걷다가 문득 끝까지 걸어가 보면 어디가 나올까, 라고 질문한 적이 있다. 당연히 정답은 한강인데 청계천이란 이름으로 한강에 다다르지는 않는다. 청계천 은 경기도 양주시에서 발원한 중랑천을 살곶이 체육공원에서 만나 서쪽으로 방향을 튼 후 이름을 달리한다. 청계천은 인간과 다르게 종말에 다다르지 않고 한강을 통해 서해로 나아간다. 그다음엔?

그런데 애초에 지금 흐르는 개천(開川)이 있기나 한 건가? 청계천은 건천이라고 알려졌는데. 어디에서 비롯되어 어디로 가는 것일까? 처음부터 처음이 없는데 다음이 어떻게 있을 수 있지? 청계천의 물은 지하수와 한강 물로 이뤄져 있다. 인공 수라는 말이다. 발원지가 인왕산 수성동 계곡을 지나는 옥류동천과 자하문 부근 백운동천이라는 설이 있는데 확실하지 않다. 확실해도 이를 입증하는 게 가능할까? 조선이 한양에 도읍을 정할 때 청계천은 홍수로 인해 종종 물난리가 나는 자연하천이었고, 태종 때부터 물의 범람을 막기 위해 치수 사업을 했다고 한다. 수표교에 홍수 예방을 위한 수표석을 만든 것이 그 방증이다. 그러다 일제 강점기인 1914년 지금의 이름인 청계천이란 이름을 얻었다. '맑은 계곡물'.

현재 종로구와 중구 일대에는 무수히 많은 콘크리트 건물이 들어서서 빗

물이 청계천으로 들어설 수 없는 구조이다. 그런데 지금 물이 흐른다? 중요한 점은 지금 물이 흐른다는 것이고, 더욱 중요한 점은 청계천이 복개천이라는 것이다. 청계천이 복원된 배경에는 일제 강점기와 한국전쟁을 거친 후 산업화 시기에 만들어진 청계천로와 청계고가로가 오래됨으로써 발생한 안전 문제, 그 후 어느 정도 급속한 경제발전을 겪은 후 환경친화적인 도시개발에 대한 대중의 관심, 더불어 500년 수도였던 서울의 역사와 문화를 재생하려는 의지, 여기에 강북과 강남의 균형 발전의 필요성 등이 맞물려 있었던 것으로 알려진다. 당시 서울시장이 치적을 위해 강행한 것도 한몫했지만 애초에 복원이란 것이 원상태로의 복귀를 의미하지도 않았고 할 수도 없었기에 결과적으로 성공한 사업이라고 할 수 있다. 앞으로 2050년까지 단계적으로 더 복원한다고 하니 기대해 볼 만하다.

음력으로 보면 아직 4월임에도 불구하고 한낮 기온이 30도를 넘는다. 아스팔트에서 뿜어져 나오는 열기가 대단하다. 청계천 주변 온도가 시가지

표면 온도보다 몇도 낮음에도 불구하고 기온이 오르면 청계천 변을 산책하는 사람들의 수가 눈에 띄게 줄어들었다. 비록 물가 주변이 상대적으로 시원하지만, 등에 나는 땀을 식혀줄 정도는 아니기 때문이다. 내리쬐는 뜨거운 태양 아래 산책을 할 엄두가 나지 않지만 그런데도 청계천에 놓여있는 관수교, 세운교, 배오개다리, 새벽 다리, 마전교 등 다리 밑에는 어김없이 사람들이 옹기종기 모여앉아 더위를 식히고 있다. 여름 대도시에서 이만한 피난처가 따로 있을까 싶다. 회사에서 일하다 점심을 먹고 산책을 하는 사람들과 더불어 청계천 변에는 남녀노소 대화를 나누는 사람, 휴대폰으로 오락을 하는 사람, 사 온 도시락을 친구들과 다정히 먹는 사람, 물고기들에게 먹이를 주는 사람 등 보이는 모든 것이 자연스러운 청계천의 일상이 된다.

청계천이 복원됨으로써 이 지역 역사가 현대와 연결되기도 하는데 그중에 대표적인 것이 천주교와 한국 노동운동이다. 전자는 청계천에 있는 수표교

주변에 천주교 신자인 이벽이 살았는데 그 이벽의 집에서 천주교 최초의 미사가 열렸다고 한다. 그래서 천주교 창립 관련 비석이 근처에 있고, 천주교 순례지이기도 하다. 후자는 열악한 노동환경을 온몸을 불살라 항거했던 열사, 전태일과 연결된다. 그를 기리는 기념관이 평화시장 앞 버들다리 근처에 있다. 봉제 노동자 전태일은 노동 환경 개선을 위해 스스로 몸을 불살라 다른 사람들의 기억 속에 영원한 전설이 되었다. 22살의 나이로 한국 노동운동의 역사를 새롭게 쓴 이. 어린 나이에 이런 행동을 할 수 있다니! 아래의 글은 그의 유서 일부라고 한다.

사랑하는 친우여, 받아 읽어주게.

친우여, 나를 아는 모든 나여

나를 모르는 모든 나여

부탁이 있네, 나를, 지금 이 순간의 나를 영원히 잊지 말아 주게.

그리고 바라네 그대들 소중한 추억의 서재에 간직하여 주게.

뇌성 번개가 이 작은 육신을 태우고 깎아버린다고 해도,

하늘이 나에게만 꺼져 내려온다 해도,

그대 소중한 추억에 간직된 나는 조금도 두렵지 않을 걸세.

그리고 만약 또 두려움이 남는다면 나는 나를 영원히 버릴 걸세.

청계천 자체가 근대화의 상징이기도 하지만 이런 측면이 아니더라도 청계천 주변에는 여전히 볼거리가 많다. 특히 광장시장, 평화시장, 방산시장, 동대문 시장, 숭인동 풍물시장까지 전통시장 순례를 해도 될 정도이다. 여기에 시장마다 맛집들이 들어서 있어 요기를 충분히 채우고도 남는데, 광장시장 먹거리 통로는 아주 유명한 관광지가 되었다. 그리고 세운상가를 통해서는 종로에 있는 종묘까지 다다를 수 있는데, 현대에서 과거로 시간 이동까지 느낄 수 있다. 지금은 코로나로 폐쇄를 한 상태지만 세운상가 옥상에서 보는 서울 풍경은 아주 색다른 맛을 준다. 높은 고층 빌딩 숲으로 스카이라인이 만들어져야만 도시가 살아있고 멋있는 게 아니라는 것을 이곳에 올라서야 비로소 알게 되었다. 과거와 현재의 공존, 높고 멋진 고층 빌딩과 재개발을 기다리는 건물들이 같이 들어서 있어 묘한 기시감을 느끼게 한다. 이런 다양성이 얼마나 오래 지속할지 모르겠지만 청계천의 역사까지는 모르더라도 평범한 사람들의 평범한 생활이 후손들까지 경험해봤으면 하는 바람이다. 결국, 청계천은 종말로 치닫는 인간과는 다르게 더욱 생동감 있게 살아날 것으로 믿는다.

아 그래도 한낮 산책은 숨이 가쁘다, 마스크까지 해야 하니. 선선한 바람이 부는 저녁나절 활기차게 걸어야겠다. 다음에도!

07. 서촌, 의도하지 않은 아름다움

퀴즈(Quiz). 서쪽의 반대말은? 동쪽!

두 번째 퀴즈. 서울 경복궁 왼편 동네를 서촌이라고 한다. 그렇다면 오른 편 동네 이름은?

옛날부터 북촌이라고 했는데, 이유는 청계천 북쪽에 있는 동네였기 때문이다. 서촌을 얘기하면서 북촌을 말한 것은 서촌이 북촌과 분위기가 많이 나르기 때문이다. 갑자기 체크 앤 밸런스(check and balance) 생각이 난다. 그 옛날 도시개발을 할 때 이런 점까지 고려했을 까만 결과적으로 절묘하게 균형이 이루어졌다. 의도해도 의도한 대로 안 되지만 의도하지 않아도 의도한 대로 되는 듯한 묘미가 바로 두 동네에도 적용되는 듯하다. 조선 시대 사대부 집권 세력이었던 동네와 조선 시대 역관, 의관 등 중인들이 중심이었던 동네. 그래서 한옥의 형태도 당연히 다르다. 북촌은 한 시대 지배계급이 살던 곳이라 한옥이 멋지다. 반면에 서촌 한옥은 개량한옥이 중심이어서 보다 서민적인 풍취가 느껴진다. 서촌은 의도하지 않았는데 의도한 대로 된 듯한 동네. 이렇게 서촌과 북촌은 의도하지 않게 경복궁을 사이로 묘한 균형을 이루고 있다.

서촌을 처음으로 가보게 된 것은 체부동 잔칫집 때문이었다. 그때 그 지역이 서촌이라고 불리는지도 몰랐다. 암튼, 친구와 싼값으로 막걸리 한잔 했던 추억. 잔치 국수가 유명한데 가성비가 아주 좋아서 주머니가 가볍다면 적극적으로 추천한다. 그러다 어느 날 회사 후배가 점심을 먹으러 가자고 해서 다시 갔던 옥인동 골목 식당. 뭘 먹었는지 기억엔 없다. 아기자기하고 올망졸망했던 골목과 카페 같은 식당들. 아마 데이트를 자주 했더라면 쉽게 접했을 동네! 만남에 의미를 부여하면 연이 더 이어지던가? 그렇게 믿었던 청춘. 불현듯 "입 안 가득 고여 오는 마지막 섹스의 추억"이란 시구 절이 생각난다. 아마도 골목 여기저기 연식이 묻어나서 인가보다. 그 후 글 써보겠다고 마음먹고서야 서촌의 모습들이 눈에 들어오기 시작했다. 역시 시장이 반찬이고 필요해야 보이니, 이런 인간이란!

서촌은 쉽게 속살을 보이지 않는 아낙처럼 수줍다. 그만큼 수수하기도 한
대 이곳 볼거리들은 대놓고 얼굴을 드러내지 않는다. 그래서 어릴 때 소
풍 가서 행했던 보물찾기하는 기분이다. 이 정도 골목이면 어릴 때 자랐
던 산비탈 달동네보다 훨씬 고급스럽다. 가난이 익숙해서 그런지 드러내지
않았는데 드러나는 미덕이 좋다. 딱, 서촌이다. 어디서부터 시작할까 지도
를 통해 동선을 그려도 답이 쉽지 않아 우선 수성동 계곡으로 향했다. 이
때 서촌이 서촌임을 확실하게 각인시켜준 것인데 그게 인왕산임을 마을버
스 종점(종로 09번)에 가서야 비로소 알게 되었다. 얼핏 바라본 인왕산 자
락이 예사롭지 않았다. 겸재 정선이 괜히 인왕제색도를 그렸겠는가. 이곳
부터 완보하며 걷는 동안 양옆으로 북합문화공간인 샬롱인텔리겐챠, 조선
마지막 내시가 살았다는 곳을 개조한 작은 화랑 서촌재, 별만 세다 잠 못
들었을 윤동주 하숙 집터(윤동주가 궁금하면 부암동 윤동주 기념관 방문해
보시길), 서울시 문화재자료 1호라는 박노수 미술관이 들어서 있다. 여기

에 "박제가 되어버린 천재를 아시오"라고 말했던 이상의 집까지, 부부 이름에서 한 글자씩 따와서 이름을 지었다는 60년 전통의 대오서점도 서촌을 값지게 하는 보물이다. 그런데 코로나 때문인지 대부분 문을 닫았다. 다음에 다시 오라는 신호 같다. 어찌 이곳을 한 번에 다 탐할까!

이곳의 미덕은 먹거리와 연결된다. 이곳저곳 들르다 보면 출출해진 배를 채울 수 있는 곳이 길을 따라 꾸준히 이어진다. 남도분식, 중국집 영화루, 옥인피자 등이 유명한데, 여기에 요즘 핫한 칸다소바에서 먹는 마제 소바까지 다양하니 드셔보기를 권한다.

통인시장

서촌이 북촌과 다른 또 특징은 재래시장이다. 통(通) 도시락 카페로 유명한 통인시장은 전통과 현대가 어떻게 공존할 수 있는지 보여주는 대표적인 사례이다. 500원짜리 엽전으로 도시락 카페 가맹점에 들러 식판에 담아 먹는 방식! 누가 아이디어를 냈을까? 농수축산물이 주요 판매 거리라는데 공산품들도 많아서 규모는 작지만 알찬 시장처럼 여겨졌다. 배추나 무를 사서 김치나 깍두기를 담그는 게 중심이었던 시장이 어떻게 발전할 수 있었을까? 그것은 도시 주거지로써 매력적인 입지 때문일 것이다. 광화문 근처 회사에 다니는 사람들이 옹기종기 모인 개량한옥과 빌라에 거주하면서 구성원인 주민들이 바뀌게 된 것이 그 시발이라고 한다. 사람들이 시장에서 반찬이나 공산품을 사면서 기존 재래시장과 다른 길을 가게 된 것이다. 앞에서도 언급했듯이 서촌은 의도하지 않았는데 의도한 것처럼 된 곳이다. 물 흐르듯이 자연스럽게 형성된, 지나치게 상업화되지도 않고 그렇다고 전통에 머무르지 않는, 그렇지만 언제까지 이 흐름이 이어질까?

서촌이 갖는 주거지로서의 매력으로 인해 사람들이 모여들고 그러다 보니 먹거리가 발달하고 그 후 문화와 예술적 요구들이 발동하니 매슬로 (Abraham H. Maslow)의 욕구 단계설이 정확하게 들어맞는다. 그런데 인간 욕망의 끝은 어디까지일까? 젠트리피케이션(gentrification)!6) 지금 서촌이 주는 맛깔스러움 이면에도 역시 젠트리피케이션으로 힘들어한다니 그저 아쉬울 따름이다. 어쩌다 방문하는 외지인의 눈에 보이지 않지만 사람 사는 곳이 다 그렇듯이 이익에 대한 욕망이 맞물려 '이해'가 다르다고 하니 그저 오래오래 지속하였으면 하는 바람만.

암튼, 통인시장은 외국인들과 관광객이 많이 다녀가는 곳이어서 그런지 시골 재래시장에서 느끼는 그런 기분이 전혀 들지 않는다. 상당히 깨끗했다. 1941년 일제 강점기에 효자동 인근에 사는 일본인들을 위해서 만들어진 공설시장이 시초라는데 어떻게 만들어졌는지 그리 중요하지 않다. 시장도 전통이 있을까마는? 재래시장도 나름 전통을 만들어 갈 수 있음을 알게 해주는 곳이다. 기름 떡볶이가 맛있다는데 식후라 다음에 기약해야겠다.

영추문(迎秋門), 보안여관, 그리고 대림미술관

경복궁 서쪽이어서 서촌으로 불린 이 지역에 경복궁 서문이 하나 있다. 영추문이라 불리는데 서쪽이 가을을 의미한다고 해서 영추문이라고 했다나. 이 문을 통해 조선 시대 관리들이 출퇴근을 했다는데 유일하게 백성들이 궁을 출입할 수 있는 곳이라고 한다. 그렇다면 동쪽에 있는 문 이름은? 건춘문(建春門)이다. 이곳으로 왕가와 관련된 종실, 외척, 부마 등이 출입했는데 그래서 북촌에 지배계급이나 사대부들이 주로 거주했다는 게 이해가 된다. 광화문이 경복궁 정문이고 북쪽 문은 신무문(神武門)으로 과거시험 등 왕이 특별한 경우에 드나드는 곳이다. 당시 권력이 부와 거주지도 지배했다니 이런 풍속은 아직도 이어지는 것 같다. 좋은 동네에서 끼리끼리 모여 살고자 하는 것이 인간의 기본 습성인가? 이 영추문이 일반인에 개방된다고 떠들썩했던 것 같은데 시간이 벌써 이렇게 흘렀나?

서촌을 이해할 때 영추문이 중요한 것은 서민들이 드나들었다는 것 그래서 서촌이 서촌이게 됨을 비롯하게 된 것이지만 시간을 미래로 근대로 앞당기면 바로 보안여관이 한몫을 한다. 통인시장 우측인 자하문 대로와 효자로 사이는 옥인동 계곡과는 또 다른 매력을 풍기는데 이쪽에는 갤러리, 화랑 등이 여기저기 골목 사이사이에 숨어 있어 이곳의 세련됨이 슬픔, 회한이란 단어를 밀어낸듯하다. 1942년 일제강점기부터 2002년까지 수많은 문인과 예술가들이 머물다간 쉼터였다는 보안여관이 인적은 간 곳이 없으면 쓸쓸하기라도 해야 하는데 전혀 그런 감정을 느낄 수 없다. 이곳이 근대문학의 주요 거점에서 2007년부터는 예술 공간으로 자리를 잡아서인지 이 근처는 많은 화랑들이 모여들었다고 하는데, 이곳을 대표하는 대림미술관을 중심으로 크고 작은 화랑들이 골목골목 포진해있다. 팩토리 2, 팔레드서울, 진화랑, 갤러리시몬 등의 외관은 눈요깃거리로 충분했다. 같은 서촌인데 지역으로는 서촌일 뿐 서촌의 또 다른 모습이다. 지금까지 서촌이 화장 안 한 아낙 모습이라면 이곳은 세련된 모던 걸(modern girls) 그 자체이다.

앞에서 읊다 만 시를 마저 읊어야겠다, 서촌과 아주 잘 어울리는.

마지막 섹스의 추억/최영미

아침상 오른 굴비 한 마리

바르다 나는 보았네.

마침내 드러난 육신의 비밀

파헤쳐진 오장육부, 산산이 부서진 살점들

진실이란 이런 것인가

한 꺼풀 벗기면 뼈와 살로만 수습돼

그날 밤 음부처럼 무섭도록 단순해지는 사연

죽은 살 찢으며 나는 알았네.

상처도 산 자만이 걸치는 옷

더 아프지 않겠다는 약속

그런 사랑 여러 번 했네.

찬란한 비늘, 겹겹이 구름 걷히자

우수수 쏟아지던 아침햇살

그 투명함에 놀라 껍질째 오그라들던 너와 나

누가 먼저 없이, 주섬주섬 온몸에

차가운 비늘을 꽂았지

살아서 팔딱이던 말들

살아서 고프던 몸짓

모두 잃고 나는 씹었네.

입 안 가득 고여 오는

마지막 섹스의 추억

08. 지리산, 노고단에서 뱀사골

이날만큼은 '예감'이 틀렸다.

좋을 것으로 예상했다. 일기예보도 그랬고. 흐리다 내일 정도 이 지역에 비가 내리리라 생각했다. 뱀사골 입구를 지나칠 때만 해도 전혀 기대하지 않았는데 성삼재 주차장에 내리자마자 부슬부슬 비가 내렸다. 제일 먼저 몸이 반응했다. 움츠러들었다. 많은 비는 아니지만, 오늘 산행이 아쉬워졌다. 일상을 벗어나서 너른 지리산 일대를 둘러보고 호연지기를 느끼고 싶었는데 '예감'이 틀렸다. 예감은 틀리지 않아야 하는데.

저마다 산행 이유가 다르겠지만 정말 답답했다. 단지 코로나(covic-19) 때문이겠는가. 뒤돌아보지 않겠다고 하면서도 항상 뒤돌아보게 되는 그만큼 현실은 녹록하지 않다. 이만큼 온 것도 대견한 것인가! 지금까지 살면

서 많은 것들을 놓치면서 지나왔는데 오늘 산행이 꼭 그럴 것 같은 예감
이다. 이런 산행이 반갑지 않은 것은 힘든 산행이라도 뒤돌아봤을 때 여
기까지 왔구나 하는 그 힘으로 앞으로 나아가는데 이렇게 많은 것들을 그
냥 지나치는 산행은 힘을 빠지게 한다. 어찌할 수 없는 것을 받아들여야
함에도 또한 그렇게 받아들인다고 하면서도 영 마음이 쉽게 움직이지 않
는다. 이럴 때 할 수 있는 제일 나은 방법. 그냥 체념!!

다행히 가방에 얇은 방풍 겸 우의가 있어 안심이다. 노고단에서 임걸령,
노루목, 삼도봉, 화개재를 지날 때마다 마주치는 등산객들의 입에서 같은
말들이 나왔다. 기상청은 누구 덕에 사냐고! 세금이 아깝다고! 그만큼 다
들 이번 산행을 노리고 왔으리라. 맑고 청명한 날씨를 기대하고 장엄한
지리산 자락을 느끼려고 왔는데 비라니. 우비라도 갖춘 사람들이야 다행이
지만 대부분 평상시 옷차림이다. 산길을 지나다 마주친 등산객이 '어디부
터' 비가 왔냐고 해서 집에서부터 왔다고 농담 한마디 하려다 서로 힘이

빠질 가봐 성삼재부터라고 했는데 아마 그 산객은 노고단 쪽으로 가면 비가 그칠 것으로 희망했으리라. 변진섭의 '희망 사항'이란 노래가 떠오른다. 하하. 얼마나 많은 희망 사항을 머릿속에 다지고 다지면서 살아왔는데. 부질없음을, 사는 게 헛헛함을 모르는 바 아니거늘. 희망 사항이란 노래는 그래도 경쾌하지 않던가. 그래도 이런 날씨에 노고단에서 뱀사골 등산로가 평탄했기에 망정이지 덥지 않아서 걸음걸이는 수월했다. 더운 날씨 예상한 배낭 안의 물통이 오늘 예감이 틀렸음을 방증하고 있다.

성삼재에서 노고단까지 고갯마루도 노고단 산장에서 시작되는 본격적인 산행도 미스티(misty). 그래서 노고단도 패스, 반야봉도 패스. 사방이 온통 미스티, 그나마 임걸령, 노루목 등 표지판만큼은 제대로 보였다. 남은 인생도 미스티 하니 그냥 패스?? 그나마 뱀사골로 제대로 가는 중이다. 임걸령에서 그늘막을 텐트 삼아 치던 사람들이 권한 따뜻한 커피 한 잔이 생각난다. 거절한 게 후회된다. 비라도 왔으니 동병상련, 그래서 권했을 텐데. 다행히 요기하러 멈춰 선 삼도봉, 여기 웬 친구가? 통행세로 먹이를 쥐야 하나? 녀석이야 내가 남길 음식에만 관심 있었겠지만 그래도 시커면 놈이 무섭진 않다. 사진이라도 제대로 남기고 싶은데 이놈이 허락하질 않네. 카메라가 따라가질 못한다. 까마귀 이놈은 까치한테 밀려 높은 산까지 밀려왔나? 그나저나 이놈은 어디 소속인고. 경상도, 전라남도, 혹은 전라북도? 삼도봉은 원래 이름은 낫 날 봉이었는데 정상의 바위 봉우리가 낫의 날을 닮았다 하여 붙은 이름이라고 한다. 낫날 봉이 변형되어 날라리 봉, 닐리리 봉 등 다양한 이름으로 불리는데 날씨에 반응했던 몸이 어느덧 풀려있다. 대강 내려갈 때 걸리는 시간이 가늠되고 긴장이 풀린 것이리라. 어느 정도 예측되는 남은 게다가 하산 길.

역시 화개재도 미스터. 버스를 처음부터 같이 타고 온 일행을 만났는데 온통 불만이다. 화개재부터 성삼재까지 경치 보러 왔다는데. 화개재에서 뱀사골 주차장까지 10km. 오호, 좋은 점도 있었다. 비로 인해 내려오는 내내 계곡이 온통 물 천지였다. 계곡이 달리 계곡일까. 물 없는 계곡이 계곡인 감! 그나저나 눈이 우선 시원했다. 알탕 한번 해볼까 하다가 영원히 먼저 갈 수 있어서 그냥 눈으로만 목욕했다. 물 기세가 세다. 비 때문인데 보기에 시원하고 좋았다. 초입에 있는 뱀사골 대피소도 들러보려다가 패스. 사진을 남기려다 패스. 아쉬웠다. 이 대피소가 일반에 개방하는 곳일까만 그래도 이런 곳에서 하루 정도 묵는다면 얼마나 좋았을까. 오늘은 온통 패스다. 패스, 패스. 그래 내 인생도 패스되면 얼마나 좋을까. 사법고시 패스나 행정고시 패스처럼 말이다. 패스. 남은 인생도 패스!

뱀사골 유래는 옛날 송림사라는 절의 전설 때문인데 이곳이 오늘 비가 아니더라도 언제 찾아도 수량이 풍부하고 수림이 울창한 대표적인 여름 피서지로 알려졌다. 화개재에서 만난 투덜댔던 일행이 이곳은 실상 가을 단풍이 절경이란다. 멋진 단풍과 암반 위로 흐르는 물, 그 아래로 형성된 담소들이 한데 어우러져 일대 장관이라는데 가을에 꼭 오라고 한다. 이곳 계곡이 거리가 길어서 인지 화개재 초입만 빼면 완만해서 계곡을 즐기기에 아주 좋다. 내려오다 개울가에서 맥주 한 잔 들이켜는 산객이 시원해 보인다. 내 속까지 시원해지는 느낌. 갑자기 얼음이 동동 뜬 막걸리 생각이 간절했지만, 온갖 유혹을 물리치고 살아온 인생이기에 쉽게(?) 유혹을 물리치고 흐르는 계곡물에 쉽게 시선을 집중한다. 그러다 마주친 간장소, 옛날 보부상이 소금을 짊어지고 내려오다 물에 빠뜨려 물 색깔이 간장처럼 변했다는데 소금이 녹으면 간장 색깔? 상상력이 하늘을 나는데 이런 전설이 많다는 게 명산이 지닌 미덕인가 보다. 이곳을 지나면 제승대, 병소, 병풍소, 탁용소 등을 볼 수 있다. 탁용소에는 이곳의 이무기가 목욕한 뒤 용이 돼 승천한 곳이라는 전설이 있는데 반들반들한 바위들이 이무기가 승천하며 몸부림친 것처럼 구불구불 역동적이어서 보기 좋다.

이렇게 뱀사골 계곡 탐방이 끝이라고 생각하고 싶었는데 삼거리를 만났다. 오른편으로 가면 와우마을 간다는데 잠시 망설였다. 그곳에 가서 천년송을 볼까 망설여졌다. 어쩌나 이때 눈에 띄는 경찰, 119구조대, 과학수사대(KCSI) 차들. 갑자기 계곡에서 내려오다 만난 두 무리의 집단들이 생각났다. 과학수사대 모자를 쓴 남녀 일행에 누군가 죽었다고 생각했다. 그런데 남의 일이기 때문인지 그리 긴장되지 않았다. 뭐지? 하는 호기심. 그보다 뭔가 사고가 터진 듯 부지런히 발걸음을 옮기던 사람들 그중에 아주 앳돼 보였던 여성 구급 대원 얼굴이 떠올랐다. 그 체격으로 사람을 나르진 않겠지? 괜한 생각 때문인지 다리에 피로가 몰려왔다. 어느덧 6시간 이상 걸었다. 와우마을은 다음을 기약하고 그만 쉬어야겠다 싶어 반선으로 발걸음을 옮겼다. 차도로 갈까 생각하다 계곡을 따라 마련된 무장애데크을 선택했는데 이렇게 좋을 수가. 계곡의 풍경을 따라 걷게 해놔서 여간 좋은 게 아니다. 편함이 항상 좋은 것은 아니지만 이번만큼은 편함이 좋았다. 이렇게 계곡을 즐길 수 있게 해놓다니. 땡큐. 땡큐! 이렇게 계곡 삼매경에 빠져 걷는데 끝날 때까지 끝난 게 아니었다. 오룡대가 기다리고 있었다.

오늘 하루 예감은 틀리게 시작되었다. 예상하지 못한 보슬비, 답답함을 풀려 시작한 산행이 혹시나 하는 긴장된 상태로 진행되다 이렇게 마무리되었다. 아쉬움에 다음을 당연히 예약하고 걷는 동안 갑자기 모든 게 데자

뷔(déjàvu) 같았다. 언젠가 친구와 함께 흠뻑 비를 맞으며 올랐던 설악산 대청봉 산행. 그땐 아마 대청봉 정상이 영상의 온도라도 추웠을 것이다. 덜덜 떨며 살고자 하는 본능으로 부지런히 내려왔던 기억, 오늘도 그런 본능이 한몫했다. 그런데 이 기억이 진실일까? 어쩌면 우리 인생은 예감이 틀리는 것을 쉼 없이 겪으면서 살아온 듯하다. 오늘처럼 예감은 틀리지만, 예감은 틀리지 않을 것이라고 믿고 기억하며 다시 예감할 것이다. 그래서 확실하게 예감을 하건대 다음에 다시 산을 갈 것이다. 그래서 "예감은 틀리지 않는다."

09. 북촌, 정갈해서 아름다운

이곳이 도대체 어딜까?

사진에서 봤던 장소라서 금방 찾을 줄 알았다. 그러다 우연히 '발견'했다. 웃음이 나왔다. 여기였구나. 이곳은 가회동성당 길 건너 오른쪽 동네인 줄 알았다. 가회동 성당까지 갔을 때 그 근처 어딘가에 있을 것으로 예상했었다. 다음에 가면 찾아야지 하고. 그런데 불쑥 나타났다. 이곳은 정독도 서관 뒤편 골목길에 있었다. 대로변 삼청동 분위기는 알겠는데 골목 안쪽은 어떨까 하는 궁금증이 묵은 숙제를 풀어줬다. 예기치 못한 기쁨이랄까! 청계천과 종로 지역의 북쪽이라서 북촌인 북촌은 지금 가회동, 계동, 삼청동, 안국동 등을 말하는데 약 900여 채의 한옥마을로 유명하다. 그런데 북촌을 북촌답게 하는 것은 단순히 한옥이 아니었다. 한옥이란 '과거'와 갤러리, 찻집, 식당 등의 '현대'가 멋진 앙상블을 이루고 있어서 일 것이다. 과거와 현대의 공존!

북촌 전망대에서 내려다보면 경복궁과 더불어 청와대, 국무총리공관 등이 보이는데 경복궁 동편 건춘문(建春門) 우측으로 지배계급이나 사대부들이 주로 거주했던 전통이 지금까지 이어지는 듯 보였다. 반면에 남산 기슭 지역인 남촌에는 관직에 오르지 못한 양반, 하급 관리, 그리고 상인들이 주로 모여 살았고, 북촌 하면 반드시 같이 거론되는 서촌에는 역관, 의관 등 중인들이 살았다고 한다. 예나 지금이나 사람들이 돈에 가치를 부여하듯 땅에도 사회적 지위와 문화를 부여하는 습속은 시대를 막론하고 동일한 것 같은데, 그럼 난? 신분이 혹시? 광희문-시구문 밖에서나 살았을까! 현대에 태어나길 정말 다행이다.

그런데 북촌을 우연히 발견케 한 공신은 따로 있었다. 바로 복정 우물이 었다. 우물가 왼편에 방송에도 나왔다는 코리아사우나건물이 있었지만, 관 심 밖이었다. 나중에 알았지만 그래서 뭐! 암튼, 계단 옆 푯말이 눈에 띄 어 다가가서 본 우물! 여기에 우물이?? 궁중에서 사용한 우물로 1년에 단 한 차례 일반인들에게 정월 대보름날에만 개방했다는 우물. 흠, 물도 계급 이 있네. 돈, 땅, 물. 누가 어떻게 쓰냐에 따라서 달라지는데 갑자기 재 러드 다이아몬드가 쓴 총, 균, 쇠(2005)가 생각난다. 대륙마다 문명의 발 달 속도에 차이가 발생하는지, 인간 사회의 다양한 문명이 어디서 시작되 는지를 분석한 역작. 제목을 베껴서 돈과 땅 그리고 물이란 주제로 우리 역사를 잘 버무리면 멋진 작품이 탄생하지 않을까. 돈, 땅, 물을 중심으로 지역마다 사회문화적, 계급적 차이가 왜 나는지 그 지역에서 누가 지배계급이었는지 문화는 어떻게 형성되고 발전되었는지 쉽게 끝날 작업 같지는 않다.

당시 복정의 물이 그렇게 맛있었다던데 지금이야 알 수 없는 일이고 마셔보자니 깨끗하게 보이지 않아서 켕기는데 어라 오른쪽에 올라가는 계단이. 이렇게 해서 찾아진 것이 위 사진의 한옥마을 골목이었다. 그렇다고 바로 짱하고 이 골목이 나타난 것은 아니었다. 그 후로도 자칭 북촌 최고의 전망대라는 '동양차박물관'과 고불 맹사성 집터를 거쳐 미로(迷路)처럼 이곳저곳 다니다 보니 나타난 고급 주택가. 외국인들이 사나? 집 밖 차들에다 외교라는 표식이 있고. 호주인지 뉴질랜드 국기인지 깃발이 꽂힌 집들을 뒤로하고 걷다 본 표지, 한옥마을은 우측으로 가라는. 설마, 그때까지 여기가 그 한옥마을일까 하는 의구심을 품다 만난 골목. 이곳에서 많은 관광객이 사진을 찍었겠다고 생각하니 피식 웃음이 나왔다. 가는 날이 장날이란 표현이 '어떤 일을 하려는데 만난 뜻하지 않은 일'일 때 쓰는 표현인데 오늘은 정반대다, 결과는. 가는 날이 잔칫날이었다. 한옥마을 골목을 혼자 전세 냈다. 의아했다. 월요일이라서 그런 감? 이쪽 골목에 나 혼자 있었다. 여기저기 숨어서 안내하시는 분들 빼고. 집마다 붙어있는 이 지역에서 조용히 해달라는 표지가 생뚱맞아 보였다.

통칭해서 북촌으로 불리지만 이곳도 동네마다 약간씩 결이 다르다. 경복궁 오른편 삼청동은 우선 국립민속박물관의 예스러움과 국립현대미술관 서울관의 현대적인 감각이 묘하게 잘 어울린다. 이곳 국립현대미술관 서울관부터 삼청공원 입구까지 멋진 카페와 이색적인 음식점, 그리고 건물 자체가 눈에 확 띄는 화랑들이 들어서 있어서 있고, 이곳에 청와대 가는 길과 국무총리 공관이 대로변이어서 전체적인 풍경이 시원시원한 느낌을 준다. 그런데 뭐니 뭐니 해도 이곳을 있게 한 일등 공신은 멀리 보이는 북악산과 인왕산이라고 할 수 있다. 산자락 밑에 아늑하게 자리 잡고 있어서 시각적으로 보기가 좋았다. 유홍준(2017)이 수도로써 한양을 그렇게 감탄하는 이유를 동감 안 하려고 해도 안 할 수가 없다. 이런 모습을 보면서 걷다가 언덕길 골목길 안에 들어선 한옥마을을 찾은 것이다.

서촌 한옥이 대부분 개량한옥이고 올망졸망 느낌이라면 북촌 한옥은 한마디로 정갈하고 품위가 있어 보인다. 단독으로 이뤄진 한옥들과 골목골목 그 자체가 예술작품 같은데 문득 여기사는 사람들은 주차를 어떻게 할까 하는 엉뚱한 질문이 떠오른다. 대중교통을 주로 이용 하남? 같은 한옥이지만 북촌 한옥 모두 다 고관대작이 살았던 것 같지 않다. 마침, 시간을 확인하니 점심시간이 다 끝나가서 급한 마음에 계동 쪽으로 발길을 돌렸다. 마지막으로 배렴가옥과 석정 보름 우물을 보고 싶었기 때문이다. 중앙고등학교 앞에서 보이는 계동 쪽 한옥은 서촌 한옥과 비슷한 느낌이다. 보다 생활과 밀접해서 그런가! 겉모습만 그렇다는 것인데 언젠가 시간이 되면

서촌과 북촌 한옥 내부도 살펴볼 필요가 있겠다. 가다가 오른쪽 안내판을 보니 배렴가옥이다. 동양화의 대가였다는 배렴(1911~1968)의 가옥. 역시 코로나로 인해 문을 닫았다. 이런, 코로나로 인해 파는 발품이 시원찮다. 오다가 정독도서관 앞 윤보선 대통령이 살았다는 99칸짜리 한옥을 보고 싶어 기웃거렸지만 개인 주택으로 쓰여서인지 문이 굳게 닫혀 있었다. 아쉬운 마음에 옆 건물 3층으로 올라가 내려다보았는데 안이 상당히 넓었다. 집 앞길이 윤보선 길이라는 도로명이다. 도대체 99칸짜리 집이라니 궁금해서 인터넷으로 뒤져봤는데 집을 관리하기가 쉽지 않겠다는 생각이 불쑥, 일하는 사람들이 있었겠지. 백인제의 가옥은 예약하면 일반인한테 개방을 한다니 다음엔 이곳을 들러 한옥의 정취를 제대로 느껴야겠다. 이래저래 아쉬운 발걸음이다.

그렇구나. 북촌이 서촌과 다른 점이 또 있었다. 천주교 성지!

복정 우물과 석정보름우물 맛 어디가 더 좋았을까? 후자의 물맛도 좋아
궁중에서도 사용했다는데 이름이 석정보름우물이다. 돌로 만들어진 우물이
니 석정이었을 테고 그래서 예전에 석정 골이었다나. 15일 동안 물이 맑
고 15일 동안 물이 흐려 보름 우물이라던데 천주교 서울성지순례길의 방
문지이다. 우리나라 최초 외국인 신부인 주문모 신부가 선교할 당시 이
우물물로 세례를 주고, 한국인 최초의 사제 성 김대건 안드레아 신부도
이 물을 성수로 사용했다고 한다. 아, 가회동 성당. 사진을 찍었는데 도대
체 찾을 수 없네. 어디에다 두었더라? 유명인이 결혼식을 올려 더 유명해
진 가회동 성당은 더 유명해지지 않아도 유명할 수밖에 없는 성당이다.
하나는 천주교 성지와 순례길 때문이기도 하지만 다른 하나는 성당 안에
자리 잡은 한옥과 서양식 성당이 보여주는 조화 때문이다. 이곳은 서울
대교구 성지순례길 2코스 '생명의 길'을 시작하는 성지라는데, 주문모 신
부가 예수부활대축일에 첫 미사를 봉헌한 성당이라는 의미가 더 빛을 발

한다. 북촌 자체가 과거와 현대의 조화 그 자체가 아름다운 동네인 것처럼 한옥과 서구식 성당, 그래서 더 의미가 있을 텐데 내부를 자세히 보지 못해서 아쉽다.

다음에 또 오면 되지 뭐, 성지라서 자주 방문하면 은총을 더 받지 않을까! 그나저나 시간에 쫓겨 제대로 돌아보지 못한 아쉬움이 크지만 이에 못지않게 골목골목 여기저기 헤맬 때 언뜻 언뜻 보인 문 닫은 가게들로 인해 뒷맛이 영 깔끔하지 않다. 젠트리피케이션 때문인가?

10. 남도여행1. 무위사, 대흥사, 미황사

여행과 휴가의 차이가 뭘까? 결론은 여행이 휴가가 돼버렸다. 비 때문인데 비로 인해 남도의 절들을 둘러보게 돼서 여간 다행이다. 계획했던 것처럼 배가 노화도로 들어갔다면 언감생심이었다. 이렇게 우연과 필연이 겹치는 게 여행의 묘미인가? 배가 섬에 들어가지 못해서 1박 2일의 여행이 하루 더 머물자고 그래서 날씨가 좋아지면 보길도 가자고 일행이 의기투합했기에 가능했다. 반대로 생각하면 뭐 바쁜 사람이 없었기 때문인데 암튼 뜻하지 않게 휴가가 돼버렸다. 금~토 계획했는데 일요일까지 있게 된 것이다. 여행 첫날 내려가는 차 안에서 다들 배가 출항하지 못할 것이라는 현지 지인의 연락으로 실망감이 푹푹 묻어났다. 내일도 안 되면 남도 일대를 둘러보고 올라가자고 가볍게 마음먹었다. 이게 무위(無爲)겠지? 그래서 우선 사찰 몇 군데 들른 것이다. 그래서 가장 가까웠던 절로 먼저 발길을 옮겼다. 그게 무위사.

강진 무위사(無爲寺)

기암으로 이뤄진 월출산 자락에 있는 무위사는 신라 원효대사가 창건한 절로 고려 초까지 선사(禪寺)에서 그 이후 수륙사(水陸寺)로 바뀌었다. 수

류사? 물과 육지에서 죽은 혼을 달래는 절이라서 다른 사찰과 다르게 대웅전이 없고 극락보전이 있어 독특했다. 그런데 사람이 물과 육지 말고 그럼 어디서 죽지! 선종의 어머니가 도교였던가? 아버지는 불교? 인도의 불교와 중국 도교의 영향을 받으면서 완성된 선불교. 갑자기 임제의현(臨濟義玄)의 법어 "부처를 만나면 부처를 죽이고 조사를 만나면 조사를 죽여라"(殺佛殺祖)가 생각난다. 이 말은 부처(佛陀)와 조사(祖師)에 대한 교조적인 생각을 버리고 스스로 자아의 가치를 발견하는 것이 성불(成佛)이라는 것이다. '인간이 본성을 깨치면(견성) 누구나 부처가 된다는(성불) 것으로, 본디 마음을 깨우치면 바로 깨달음의 경지에 이를 수 있다'라는 것으로 말은 쉽지. 아, 무문관(無門關). 그래 이 선문답 집을 이해하고자 했던 시절이 있었다. 그렇다면 지금은? 완전히 퇴행적이다. 생각도 생활도. 깨달음도 찰나인지라 뭔가를 깨달은 순간 그 깨달음은 없는 것이기에 다시 깨달음을 얻어야 하는데 이때 깨달음이란 끊임없이 용맹정진 그 '자체'를 말하나 보다.

무위사는 단출하다. 초기에는 대사찰이었다는데 일주문에서 천왕문, 보제루를 거쳐 극락보전까지 평탄하면서 두드러지지 않는다. 이런 느낌은 극락보전을 보면서 더 강해졌다. 화려하지 않은데 위엄이 있어 보이는 극락보전은 무위사를 대표하는 국보 제13호이다. 조선 시대 건축에 대한 문외한이라서 이 건물이 조선 초기 건축양식의 전형으로 맞배지붕의 정면 3칸, 측면 3칸의 주심포 양식 건물이라는데 주심포가 뭘 말하는지 그리고 다포식 건물과의 차이가 뭔지를 이해하는 데 한참 걸렸다.

이 아둔함! 어떨 때는 화장하지 않은 민 얼굴이 더 예뻐 보이는 것처럼 외부가 곱게 단장을 하지 않아 건물이 훨씬 더 간결하고 가치가 있어 보인다. 극락보전이라니 극락을 상징하는 내부는 어떨까? 극락을 상징하는 내부는 화려한 불화로 장식되어 있는데 보물 제1312호인 아미타여래 삼존 좌상 뒤에 그려진 아미타여래삼존 벽화가 국보 313호, 삼존 좌상 뒷면에 있는 관음도가 보물 제1314호이고 이 그림 외 나머지 벽화들은 보물 제1315로 지정되어 있다. 눈을 밖으로 돌려보면 극락보전 좌측에는 보물

507호인 선각 대사 편광 탑비가 심한 훼손 없이 원형 그대로 보존되어 있다. 절의 규모는 작은데 국보와 보물이 많다. 국보와 보물이 많다는 것이 사찰의 기준이 돼서는 안 되겠지만 이는 그만큼 무위사의 가치가 높음을 의미한다. 이런 것에 연연하다니 어쩔 수 없는 속물인가 보다. 부처를 만나면 부처를 죽이라고 했거늘.

극락보전 안의 불화들에 취해 헤매다 밖으로 나왔는데 여전히 비가 내리고 있었다. 날씨 탓인지 뭔가 비워진 듯한 느낌이 드는데 나만 그랬을까? 이번엔 발걸음을 무위사 산신각과 미륵전으로 옮겼다. 그러다 월출산 산신각 이름에서 무위사가 월출산 자락에 있다는 것을 알게 되었다. 그리고 오른편 미륵전에 웬 아줌마 머릿돌 상!! 통통한 얼굴과 두툼한 입술!! 고려 시대 작품인가? 미륵불이 세상에 내려와 중생을 구원해 주길 바라는 내세 신앙이 발달했다는데 미륵불이 아주 수수해서 보기가 좋았다. 중생을 구제하러 내려온 미륵불이 도드라져도 이상할 듯하다. 이 또한 고려 시대 작품인가? 당시 미륵불이 세상에 내려와 중생을 구원해 주길 바라는 내세 신앙이 발달했다는데 다른 절 미륵불에 대한 기억이 없으니, 불교에 대해 제대로 아는 게 없으니, 미륵불전에 소원을 빌면 무슨 소원이나 들어줄 듯해서 마음이 편안해졌다. 그건 그렇고 극락보전 앞을 거닐던 3명의 여승이 지나가는데 우산 쓴 그네들 모습이 정겹다. 우중 산책하시나? "이슬비 내리는 이른 아침에 우산 셋이 나란히 걸어갑니다. 빨간 우산, 파란 우산, 찢어진 우산"이라는 우산이란 동요가 생각난다. K-pop과 서양 음악, 그리고 요즘 어디서든 끊임없이 흘러나오는 트로트 열풍 때문인지 식상한 마음에 갑자기 시원한 사이다!! 요즘 누가 동요를? 초등학생들도 듣거나 부르지 않을걸! 어느 날 라디오인지 텔레비전인지 방송에서 어린이날 특집 동요가 흘러나왔는데. 묵은 마음의 때가 쑥 내려간 것 같았던 상쾌함. 이런 게 무위가 아닐는지.

두륜산 대흥사(大興寺)

아쉽다. 무위사도 그렇고 대흥사도 그렇고. 날씨 덕에 계획에 없던 남도 유명사찰들을 둘러보니 좋았지만, 그 날씨 덕에 영~~~ 멋진 산 풍광을 전혀 볼 수가 없다. 욕심이 너무 많다! 인터넷을 뒤져 사진을 찾아보니 대흥사 뒤편 두륜산 자락에 포근하게 자리 잡고 있는 대흥사 세계문화유산이다. 절의 규모가 압도적이다. 절 입구부터 주차장까지 그리고 다시 제2주차장까지 한참이다. 여기에 그 많은 부도전은 뭔고? 55개의 부도탑이 있네. 이렇게 많은 부도탑은 처음이다. 그리고 일주문이 2개라니, 규모 때문에 대흥사 인감? 대흥사의 가장 큰 특징의 하나는 천왕문이 없다. 대웅전 외벽에 그려져 있다는데 확인은 못 했다. 북으로 영암 월출산, 남으로

송지 달마산, 동으로 장흥 천관산, 서로 화산 선은산이 감싸고 있어서 풍
수적으로 완벽해서 없다고 한다. 두륜산 산세 자체는 누워있는 부처님 모
습이라는데 어디가 얼굴이고 가슴인지 부처님 성별은? 불경이 하늘을 찌
른다. 이러니 득도는 애당초.

대흥사는 조계종 22교구 본사이고 서산대사의 의 발이 봉안되어 있는 곳.
차 문화를 정립한 초의 선사와 13종사, 13강사를 배출한 곳이라는데 사찰
홍보 담당이 아니라서 홍보는 여기까지만. 사찰 해설사의 말처럼 시주가
많이 들어온 큰 절이라던데 이곳 절의 위세가 얼마나 대단했었는지 감이
왔다. 어라, 대흥사의 보현전, 대웅보전, 성보 박물관 등을 보지 않고 그
냥 넘겼네. 힐, 비가 와서 흐린 날씨에 대충대충. 대흥사에 가면 다른 것
은 몰라도 북미륵암을 꼭 보라는 지인 아버님의 말씀이 꽂혀서 별생각이
없던 차에 날씨도 도와주지 않고 절에도 늦게 도착까지 했으니 제대로 경
내를 둘러보지 못해 아쉽다. 그나마 대흥사 천불전과 천불상을 놓치지 않
은 것은 다행이다. 천 개의 불상이라. 진짜 천 개라는데 그것도 경주에서

나는 옥석으로 만들어졌고 서로 닮지 않았다는데 제대로 확인하지 못했다. 세어볼 걸 그랬나? 사전에 이 절에 천불전이 있다는 것을 알지 못했다. 급조된 사찰 여행이기에. 천불전 내부는 중앙에 목조여래좌상을 중심으로 좌우에 목조보살 좌상을 둔 형태인데 천불상보다 눈은 자꾸만 불화에 꽂혔다. 지금까지 불화를 한 제대로 본 적이 없지만, 관심이 없었으니. 어떻게 이것을 그렸느냐는 감탄이 들었다. 아마, 무위사의 영향이다. 이런 느낌은 미황사 입구 최근에 만든 사천왕상에서도 느껴졌다. 미황사 건물 대부분 다시 지어져서 그런지 사천왕상은 아주 완벽히 현대적이다. 무위사 사천왕과는 아주 다르게 채색이 세련되었다. 그런데도 잘 그렸다는 생각이 절로 들었다. 불교 미술을 모르니. 후배가 미국에서 불교미술로 학위를 받았다던데. 물어나 볼까? 어찌 이렇게 그렸지? 불심으로?

서둘러 북미륵암으로 올라가다 오른쪽에 자리 잡은 대흥사의 대표 스님인 서산대사를 모신 표충사를 둘러보았다. 입구에서 걸어오다 부도전 앞에서 어느 부도가 서산대사인지 일행이 확인하려다 문이 닫혀서 확인할 수 없

었다. 스님들의 부도를 만들어서 죽음을 잊히지 않게 한다는 것은 좋은 것 같은데. 사리가 얼마나 나왔을까! 어허, 염불보다 잿밥에. 손으로 달을 가리키면 달을 봐야지 손을 보다니. 알다시피 표충사는 사당이다. 절이 아니지만, 절에 사당이라. 서산대사의 충절을 기리기 위해 만들었다는데 입구가 호국문이다. 요즘 호국이라면 국수주의를 떠올리지 않을까! 아쉽지만 표충사를 들러보는 것으로 대흥사 경내 탐방은 여기까지다.

날씨 맑은 날 남도 답사를 다시 제대로 해야겠다는 마음만 먹고 서둘러 북미륵암으로 향했다. 원래 계획은 우리나라에서 가장 오래된 여관이라는 유선관에서 하룻밤 머무르기로 했었는데 공사 중이라 무산되었다. 미황사에서의 템플스테이, 유선관에서의 숙박 등 남긴 숙제다. 아쉬운 것은 아쉬운 대로 받아들이는 것이 여행의 미덕. 그나저나 비가 와서 산행이 미끄러우니 조심하라는 해설사의 당부가 귀가에 쟁쟁하다.

올라가는 길이 해설사 말처럼 매끄러웠다. 비와 구름 때문인지 사위도 어두워 발길을 돌릴까 하다 나오겠지 하는 마음으로 계속 올라가다 만난 굴삭기! 이 좁은 비탈길의 굴삭기라니. 헉, 헬기로 날랐겠지? 이런 호기심 때문에 걷다 보니 금방 북미륵암에 도착했다는 착각이 들었다. 불도저에 대한 의문은 북미륵암 3층 석탑 앞에 와서야 의문이 풀렸다. 공사 중이었다. 그만 개발하지. 개발의 열풍이 여기저기. 부처님이라면 무슨 말씀을 하셨을까? 마음 한구석 반발심 때문인지 도무지 미륵 암자 입구를 찾을 수가 없었다. 미륵암을 보호하기 위하여 바위를 감싸는 유리 건물을 만들었다고 생각하다 한 바퀴를 다 돌아도 찾지 못했던 순간, 부처님을 뵙지 못하고 발길을 돌리면 후환(?)이 생길까 두려워 용화전 문 앞에 서서 그냥 문고리에 있는 걸쇠를 빼고 힘껏 당겼다. 그때 열렸던 문. 뒤에 있던 후배 왈, 와우! "형한테도 이런 과감함이"라는 소리를 들으며 암자에 들어섰다. 그렇게 만난 마애여래좌상. 보자마자 그냥 삼배를 올렸다. 그리고 시작된 침묵. 일행이 약속이나 한 듯이 다들 입을 다물고 각자 명상에 빠졌나 하던 찰나 갑자기 눈물을 왈칵 쏟을 뻔했다. 이런 감정은 충남에 있는 미리내 성모성심수녀회 성당 안에 들어갔을 때도 느꼈었다. 이를 어떻게 설명

84 외풍no

할까? 염화미소(拈華微笑)? 부처님을 보지 못하고 간다는 미련 때문에? 그럴 리가! 그냥 매달리고 싶었던 순간. 그래서 절대자가 필요한가 보다. 비록 불교가 견성성불을 말하지만 많은 불자들이 법당에서 절할 때 절대자를 향한 구도 그 자체 아닐까! 힘들고 지친 마음을 위로받고 싶었던 거지. 내 안의 부처를 볼 마음보다 그냥 와서 합장하는 것이 더 수월할 테니까.

여래 좌상은 10세기에 만들어졌다는데 이를 미륵불로 여겨 미륵암이라 했다. 8세기에 만들어진 경주 불국사 석굴암보다 후대에 만들어진 것으로 높이가 4.2m 정도인데 오른손을 아래로 향한 것은 악마를 제압한 모습이란다. 그나저나 내려가기 싫었다. 궂은 날씨에 힘들게 올라왔기 때문일까. 후배는 큼직큼직한 이목구비 때문인지는 몰라도 미륵불의 눈과 입술이 움직이는 것처럼 보였다는데 아마, 후배의 마음이 간절했기에 부처님이 미소를 보이신 게 아닐는지. 미륵암 3층 석탑은 신라 석탑 양식을 따른 고려시대 탑으로 보물 제301호라고 한다.

해남 미황사(美黃寺)

'달마가 동쪽으로 간 까닭은?' 이 말은 조사서래의(祖師西來意)에서 유래했다. 조사가 달마란다. 중국 기준으로 조사가 인도에서 중국으로 왔으니 서쪽에서 온 것이고 달마 기준으로 동쪽으로 간 것인데 영화 제목이 마치 선문답처럼 들린다. 동자승의 눈을 통해 삶과 죽음, 그리고 세속적 욕망과 깨달음이 무엇인지를 그려낸 영화이다. 당시 영화를 봤을 때 이런 의미였는지 제대로 이해했을까? 갑자기 영화 얘기라니 달마산 때문이다. 이때 달마(dharma, 達摩)가 선종의 효시 그 달마인데 달마산의 그 달마와 같은 말이다. 백두대간에서 갈라져 나온 소백산맥의 끝자락에 산이라니. 그것도 이름이 달마산이란다. 영암과 강진에 두루 걸쳐 있는 월출산만큼이나 신령스럽게 보인다. 남도 땅끝 이곳 기이한 이 산에 미황사가 자리 잡고 있다. 명산에 명 사찰이 없겠는가. 이런 느낌은 나만이 아닌가 보다. 명승 제59호가 해남 달마산 미황사 일원이란다. 달마산과 미황사 전체가 명승지로 지정된 것이다. 혹자는 달마산을 남도의 금강산이라고 한다니, 산세를 짐작할 수 있을 것이다. 산에는 완도 봉수와 연결되었다는 봉수대도 있고 관악산 연주대보다 작지만 내려다보이는 경치만큼은 훨씬 뛰어난 유명한 도솔암이 있다. 암자에서 내려다보이는 다도해와 일몰이 장관일 텐데 일몰이야 그렇다 치고 아쉽지만, 응진당에서 내려다보는 다도해 풍경이 그나마 여행객의 아쉬움을 달랬다.

미황사는 위에 언급한 대흥사의 말사이다. 749년 통일신라 경덕왕 때 의

조 대사에 의해 지어진 절인데 육지에 있는 최남단 절이라니 불교가 바다에서 유래했다는 것을 의미한다는데 서울 기준으로 멀기는 정말 멀다. 언제 다시 올 수 있을까? 서향을 바라보는 절이라서 일몰 때 산에서 보는 경관의 아쉬움은 대웅보전을 등지고 있는 달마산의 풍경으로 대신하기로 했다. 일주문을 지나 언덕을 오르면서 보이기 시작하는 대웅보전 뒤의 달마산, 감탄사가 절로 나온다. 대웅보전에는 단청이 칠해져 있지 않아서 무위사 극락보전처럼 오히려 더 값져 보인다. 앞면 3칸 옆면 3칸 팔작지붕인데 지붕과 처마를 받치는 구조가 기둥과 기둥 사이에도 있는 다포식 건물이라는데 무위사의 극락보전과 비교해 보면 다포식이 뭔지 명확히 이해가 갔다. 역시, 아는 만큼 보인다.

사람들이 보물 제947호라는 대웅보전 주춧돌에 왜 관심을 갖나 했더니 주춧돌 모양이 연꽃, 거북, 게 모양을 하고 있다. 바닷가 민간신앙이 절에 자리 잡은 것이라던데 미처 사진을 찍지 못했다. 이곳 미황사에는 보물이 하나 더 있다. 조선 영조 때 재건한 응진당이 그것으로 보물 제1183이다.

응진당의 응진이 부처의 다른 이름이라는데 응진이란 말이 낯설어서 찾아봤더니 다른 절에서는 나한전이라고 한다. 응진당, 즉 나한전은 석가모니를 중심으로 좌우에 아난(阿難)과 가섭(迦葉)을 모시고 그 주위에 십육 나한상이나 500나한상을 봉안하는데 이곳 응진당에서는 수묵으로 십육 나한이 그려져 있다. 오호, 부처님의 뛰어난 16 제자라니. 갑자기 레오나르도 다빈치의 '최후의 만찬'이 생각난다. 예수님의 제자는 12명이었지. 예수의 역사에서 기록되지 않은 기간이 있는데 그 기간 인도에 가서 부처님의 가르침을 받았다고 주장하는 책이 있었던 것으로 기억한다. 사실 여부를 떠나 부처가 더 위대함을 말하려던 것일까? 공자도 그랬듯이 위대한 선지자, 성현을 따르는 무리가 많을 수밖에 없겠지. 부처님도 끝까지 함께한 제자가 많았었나? 예수를 부정한 제자도 있었는데. 미황사에는 또 다른 보물 제1342호인 괘불탱화가 있다. 아쉽게 보지 못했지만, 대웅보전 앞 당간에 탱화를 걸어놓았을까? 길이가 11m가 넘는데 미황사의 괘불제는 괘불탱화가 주는 영험함으로 소원을 빌러 오는 사람들이 많다고 하니 이 또한 미황사 템플스테이와 도솔암 낙조와 함께 버킷리스트에 올려야겠다. 미황사 답사는 보길도에서 윤선도의 낙서재와 곡수당을 들러보는 대신 선택한 것인데 꿩 대신 닭이 이었다. 근데 꿩 맛을 알지도 못하니. 꿩고기를 먹어본 기억이 없다.

그나저나 달마대사는 동쪽으로 왜 갔는데? 뜰 앞의 잣나무라고!

11. 남도 여행 2. 보길도, 선경인가

포르투갈에는 유라시아의 대륙 서남단 호카곶이 있다. 유럽의 끝이라는 곳. 누군가의 버킷리스트. 코로나 때문에 갈 엄두는 나지 않고. 에라, 국내 땅끝도 못 가본 주제에 유럽이라니. 해남 땅끝이나 가볼까? 꿩 대신 닭일까! 아니다. 그냥 우연이었다. 어릴 때 정확히 언제인지 기억이 없지만, 막연히 땅끝에 대한 동경, 그 막연했던 꿈을 실현한다는데 거절할 바보가 있을까! 지인들과 함께 보길도 가자고 후배를 뒤에서 부추겼다. 여행 가자고. 착한 후배는 계획을 다 짜놨는데 원래 가을에 가기로 했었다. 날씨가 더워서 여름 여행지로 적절하지 않다고 동감하던 차. 그런데 갑자기 연락이 온 것이다. 나이가 주는 교훈, 기회가 오면 잡아라! 그래서 무조건 콜. 그렇게 5명이 모인 것이다. 목적지는 보길도. 당연히 땅 끝해남을 지

나간다. 어릴 때 암기 위주 학습 때문에 보길도 하면 고산 윤선도, 어부사
시사, 세연정 등 뭔가 별세계가 펼쳐질 것 같은 곳. 보길도는 윤선도가 제
주도로 가다 태풍을 만나 표류하다 정착한 곳이라는데, 결론적으로 보길도
는 예쁜 해안과 울창한 원시림으로 이뤄졌다. 웬 섬에 그리 많은 동백나
무? 꽃 필 때 와야겠다. 언젠가 고창 선운사에 동백 보러 갔다고 후배한
테 말했더니 피식 웃은 이유를 알겠다. 해남지역과 섬 일대가 온통 동백
나무라니. 그리고 완도에 배 타고 들어가는 줄 알던 촌놈이 보길도를 차
타고 가는 것을 어찌 알았을까? 노화도부터 말이다.

비가 온 덕에 여행 날짜를 늘려서 첫날 남도의 멋진 사찰들을 둘러본 것
으로 하루 일정을 마무리하고 아침에 서둘러 땅끝으로 향했다. 머리털 나
고 처음으로 전라남도 해남 땅끝에 가는 것이다. 배에 차를 싣고 섬에 들

어간다는 설렘. 안 해본 것을 해본다는 설렘과 처녀지에 대한 의미부여. 인간은 상징과 의미의 동물이기에! 어제 비바람으로 인한 기우를 바람에 날리는 사이 어느덧 배에서 본 땅 끝 전망대가 벌써 시야에서 사라지고 있었다. 그런데 배가 노화도에 다가갈수록 기대와는 달랐다. 섬에 웬 광산? 노화도가 다도해 국립 해상공원에 들어가지 못했다는 말을 전해 듣고 이 때문인가 했다. 일행은 먼저 후배의 집으로 향했다. 후배 아버지께서 그곳에 계시기 때문이다. 노화읍 미라항 근처. 간단히 인사드리고 보길도로 향하던 중 울리는 벨 소리. 후배의 형이 어제 마지막 배로 섬에 들어와 바다에 그물을 쳐놨단다. 후배의 형도 서울에 사는데 우리가 간다고 하니 어제 무리해서 섬에 들어와 노하리 마을 이장인 친구 배를 타고 바다에 그물을 친 것이다. 손님 대접하려는 선한 마음. 이해관계는 물론 일면식이 없는데 배에서 직접 잡은 생선들을 우리에게 전달해 주었다. 원래는 노화도의 자장면이 독특하다고 해서 출출한 배를 채우려던 참이었다. 금강산도 식후경이라는데, 배고픔은 잠시 미루고 모두 배에 올려진 그물의 내용물이 궁금해졌다. 얼마나 잡혔을까? 결론, 우리 몫으로 민어 2마리, 참돔, 가자미, 문어 등 정말 생생한 생선이 생겼다. 야호, 대박이었다. 민어라. 서민들은 보신탕으로 보양하고 왕은 민어로 여름 더위를 이겨냈다는데. 따봉!

수확물을 차에 싣고 의기양양하게 돌아보던 노화도는 섬 같지 않았다. 바닷가 주변만 빼면 어촌 느낌도 전혀 없었다. 그냥 농촌 마을 같았다. 사전에 찾아봤던 정보 그대로 노화도는 평지가 많고 산이 적다는 얼핏 보면 우리네 평범한 농촌 모습 그대로였다. 한때 물이 들어왔던 지역까지 간척

사업으로 농지로 바뀌었다는 그래서 더 농촌 같았던 아쉬움 아닌 아쉬움만 남기던 차. 차는 보길도에 접어들었다. 후배가 차를 세우기에 와 그 순간 눈앞에 펼쳐진 예송리 마을. 에구, 시원해라~~ 여장을 풀러 민박집으로 가던 길에 보이는 전망대. 예송리 해수욕장이 한눈에 내려다보이는 해변. 보길도의 맛이 이거였던가? 답답하던 일상을 벗어던지고 그렇게 보고 싶었던 바다, 마음에 담느라 정신이 없었다.

후배의 서툰 칼질에도 신선한 해산물의 맛이 어디 가랴. 배에서 넘겨받고 바다가 보이는 민박집 방 안에서 주인장이 건네는 황칠나무 술 석 잔. 황칠나무? 처음 들어본 나무에 술~술이 술술 넘어갔다. 황금색을 내는 우리의 전통 천연도료로 쓰이는 귀한 나무라는데 민어와 함께 캬~~. 밥도 먹었으니 후경이라, 이제 슬슬 보길도 맛을 느끼려 가벼운 도보여행에 나섰

다.

예송리 해수욕장은 몽돌로 유명하다. 모래가 아니라 아기자기 한 자갈로 이뤄진 바닷가. 파도에 몽돌이 쓸려가는 소리가 좋다는데 오늘은 파도가 없다. 아쉬움에 눈을 돌렸는데 천연기념물 제40호 상록수림?? 갑자기 예송리가 예사롭게 보이지 않았다. 그래서 간판이 눈에 확 띤 것인데, 이 속물. 자연은 사람이 전 그대로의 자연인데, 인간이 이름을 붙이지 않아도 그 모습 그대론데 그러다 들어선 남도 갯길 600리 격자봉 갯길. 이름도 있네. 그냥 동네 골목길인 줄 알았다. 여기서 걸으면 예송리의 반대편 보죽산까지 갈 수 있다. 언젠가 섬에 가면 꼭 해보고 싶었던 것이 등산이었다. 예전에 대마도에 갔을 때 하지 않았던 등산. 이 아쉬움은 보죽산에서

달랬지만 제대로 된 보길도 일주를 하고 싶었는데 도무지 체력이 자신이
없었다. 우선, 격자봉 갯길 전망대까지만 갔다 오기로 했다.

야호~ 신난다. 트레킹, 이 맛이구나. 다도해 그 푸른 바다를 따라 바다를
바라보며 걷는 매력이란. 숲이 우거져 어두운 해안 길을 걷다가 바다가
보이는 순간순간 눈이 시원했다. 어제 비도 왔으니 공기가 얼마나 맑았을
까!! 그래서 저 멀리 구름 위 시 꺼먹게 드러난 부위가 한라산일 거라는
추측을 했다. 몇 번이나 답답한 일상생활 벗어나고 싶었다. 그래서 가고
싶었던 바다. 정말 원 없이 바라봤다. 바다가 닳도록!! 그러다 이어진 풍
류~ 후배가 맥주까지 준비했고 안주는 다도해 풍광, 더 무엇이 필요할까.
자연에 취해 바다에 취해 이어진 노래방. 하하, 음친들 무슨 대수겠는가

듣는 이 없는데 있으면 뭐 하랴. 일부는 전망대 덱에 누워서 흥얼흥얼. 선경이던가, 여기가.

몸은 축축 늘어졌지만 언제 또 오냐 싶어 일행들이 담합(?) 해서 보죽산으로 향했다. 예송리 반대편 해안가, 분위기가 예송리와 아주 달랐다. 평지도 많고 마을 사이로 방파제도 보이고. 그 후 시작된 공룡알 해수욕장 옆 보죽산 등반. 시작할 때 당황했다. 헐, 컴컴한 나무숲을 지나야 했다. 이런 경험은 처음이다. 원시림인가? 분명 낮인데 숲은 밤이다. 컴컴한 어둠을 뚫고 약 15분 정도 지나 산 중턱이라고 생각될 즈음 바다가 펼쳐졌다. 그리고 내처 정상을 향하여. 산이 높지는 않는데 보이는 경치가 보통이 아니었다. 공룡알 해수욕장이 내려다보이는 너럭바위는 그래서 보물 같았다. 앉아서 보는 경치란. 아, 이때 실수를 했다. 다들 지쳐 바위에서 쉴 때 정상 부근을 혼자 올랐다. 반대편 바다가 보고 싶었는데 가다가 바다가 보이지 않아 돌아왔다. 정상 부근도 나무숲이 열쇠를 훌쩍 넘어 여전히 어두웠다.

그러다 판단 착오! 더 길이 없다고 생각하고 일행이 있는 바위로 돌아왔다. 그리고 시작된 하산 길. 나중에 알게 된 사실, 정상에서 더 내려가면 반대편 바다가 보였다는 사실. 이런 실수를. 황홀한 바다에 취했나 일행이 관대해졌다. 괜찮다네. 미안해서 일행한테 제안했다. 온 김에 낙조 보자고. 이때 다시 발휘된 후배의 진가. 후배는 현지인만이 아는 포인트로 안내했다. 그래서 좁고 좁은 미로 길을 거쳐 도착한 방파제. 외지인은 알 수 없는. 보길도에서 낙조, 이런 행운까지.

세연정, 여기서 무희와 놀았다니~~

보길도. 윤선도가 없었다면? 앙꼬 없는 찐빵? 그럴 수 있겠다. 한 인간이
미치는 영향이 후대에 두고두고 얼마나 미칠 수 있는지 보여주는 곳. 끊
임없이 누군가로부터 기억이 되는, 기억될 수밖에 없는 윤선도. 이는 단순
히 유명인(celebrity)이기 때문이 아니다. 윤선도 자체가 요즘 말하는 콘
텐츠 그 자체. 콘텐츠가 풍부하니 역사가 되고 보길도 역사가 된 것
이다. 섬이 아름다우면 얼마나 아름다울까? 인터넷에서 떠도는 세상에서
손꼽는 휴양지를 보라. 그 정도라고? 아닐 것이다. 그런데 여기에 윤선도
를 더하니 달라졌다. 18세에 진 사초 시 합격, 20세 승보 시에서 1등, 성
균관 유생으로 항소 후 함경도 유배, 별시문과 초시에 장원으로 합격

후 왕의 사부, 병자호란 중 제주도로 향하다 보길도 정착, 끊임없는 낙향과 유배, '어부사시사'와 같은 뛰어난 시작 능력, 여기에 조상으로부터 물려받은 막대한 재산으로 풍류를 즐기다 세연정 등을 세워 책을 읽고 뱃놀이하며 자연을 벗 삼았다는 꿈같은 이야기. 그런데 85세까지 살았단다. 그 시대에 장수? 당시 평균 수명이 얼마더라? 허, 그저 놀랍다. 술과 여자, 풍류를 즐겼기 때문인가. 이렇듯 보길도라는 자연에 윤선도가 어우러졌기 때문에 역사가 된 것이다.

오늘 하루 계속된 감흥이 이어져 쉽게 잠들 수 없었다. 그러다 민박집 마당에 돗자리를 깔고 바라본 하늘. 화룡점정이었다. 그래 하늘에는 별. 별이 있었다. 파도처럼 물결치는 은하수까지 보였다. 어라, 별똥별! 두 번이나 봤는데 미처 소원을 빌지 못했다. 이런, 바보인가 보다. 그나저나 윤동 주는 밤마다 별 헤다 뭐 했을까?

12. 선물 같은 고창읍성, 백운동정원, 전라병영성

익숙해서 낯선. 우리 것이 그렇다는 말이다. 우리 것이니 익숙한데 막상 모르는 것이 많으니 낯설게 느껴지는 것이 한둘이 아니다. 지금까지 낯선 것들을 익숙 하고 자 했는데. 그렇게 학수고대하던 도보여행 계획을 미루고 코로나로 인해 눈을 국내로 돌린 대가. 나름 흡족하다. 계획대로라면 프랑스 몽블랑 어딘가를 다녀야 하건만. 마음속 깊게 챙겨두고 있으니 언젠가 마음 가는 대로 가겠지. 의도하지 않았는데 받아들인 현실이 그렇다고 그저 그렇기만 한 것은 아니다. 뇌가 중독된 것일까? 어쩔 수 없으니 받아들이라고! 끝내주는 가성비. 돈이 다가 아니지만, 그래도. 이 정도라면 동행한 일행들에 그저 '감사'할 따름이다. 좋은 사람들과 함께한 좋은 시간. 여기에 우연히 맞이한 고창읍성, 백원동별서정원, 전라병영성은 그래서 선물 같았다.

고창읍성

양심에 털이 났다. 관람료가 있었다. 성이 멋있어 그냥 끌리는 대로 걸었는데. 나중에야 알았다. 후에 돈 냈냐고? 서울 가던 길에 점심은 고창에서 먹자고 들렀던 곳인데 떡 본 김에 제사 지낸다고 읍성을 보자고 의기투합

이 쉽게 되었다. 배는 고팠는데 허기를 채우기에, 충분한 성이었다. 답성 놀이까지야 기대하지 않았지만 이렇게 멋있는지 몰랐다. 잘생겼다. 제대로 둘러보지 못한 아쉬움, 주마간산이면 어떠랴. 천릿길도 한 걸음부터.

평야가 아닌 야트막한 산을 배경으로 옹성까지 있다. 서해안에 자주 출몰하던 왜적을 물리치려 지었다는데 호남 내륙지역을 방어하는 전초기지. 성을 보자마자 충분히 왜적을 방어했을 것이란 믿음이 왔다. 1453년 왜적의 침입을 막기 위해 고창, 인근 마을, 그리고 제주도 백성까지 동원해서 축성했다고 한다. 왜적이 침몰하도록 방치된 당시 현실이 아쉽지만 이런 성이 후대에 전해질 수 있다니 다행 아니던가. 성벽이 자연석으로 만들어졌는데 그 자체가 예술작품 같다(사적 145호). 그리고 옹성(甕城)이라? 성문 앞에 설치되는 시설물 모양이 항아리 같다고 붙은 이름. 옹성은 성문을 공격하려는 적을 측면과 후방에서 공격할 수 있는 시설인데 이번에 옹성이란 구조를 처음 봤다. 정문으로 들어오려다 큰코다쳤겠다. 예전에 고창지역을 모양이라고도 불려서 모양성(牟陽城)이라고도 한다. 이는 성안에 조정에서 파견된 관리들이 묵는 숙소인 고창 객사 이름이 '모양 지관'으로 되어있는 것에서도 확인된다.

인터넷을 찾아보니 고창읍성에는 3개의 누각이 있다. 동문인 등양루(登陽樓, 이곳에 올라 해를 바라본다는 뜻), 서문인 진서루(鎭西樓, 서쪽을 막아준다), 그리고 정문이면서 북문에 공북루(拱北樓, 한양의 임금님 덕을 기린다는 의미)가 그것이다. 아쉽게도 공북루만 올랐다. 처음에 공북루에 올랐을 때 북이 있어서 왜적이 침입할 때 알리려고 북을 치는 줄 알았는데 그게 아니었다. 공이 두 손을 가슴 높이로 올려 공손하게 한다는 뜻으로 북쪽에 계신 임금을 향해 공경하는 마음으로 예를 올리는데, 그래서 '군남면 신북면'으로 우리나라 누각에 공북루라는 현판이 많다는 것을 이번에 알았다. 문을 드나들 때 북쪽의 임금 덕을 기리라니 신하는 항상 남쪽? 알고 보니 누각에서 공복의 자격도 임금한테 직접 벼슬을 받은 사람만 가능했다고 한다. 그저 헛웃음만. 어쩌랴, 이것도 우리 역사거늘. 성의 길이는 1,684m 정도로 얼마 길지 않지만 성곽길을 걷다 내려다보이는 고창읍이 아담하고 정갈해서 보기 좋았다. 아쉽지만 여기까지다. 언젠가 윤년에 한 번 윤달에 성을 밟으면 극락왕생을 바라는 의식이 아직도 이어진다니 나중에 답성 놀이를 해야겠다. 이때 답성놀이를 하면 왕이 아니어도 극락에는 갈 수 있다니 그나마 다행인가!

백운동 별서 정원

뭔가 아쉬웠다. 이 아쉬움의 실체는 뭘까? 비가 와서 강진 다원 뒤 월출산을 보지 못해서? 강진 월출산 달빛 길이라는 멋진 산책 코스야 다음에 가면 되는데 녹차 밭의 대명사가 보성인 줄 알았는데 강진도 녹차의 고장이란다. 역시, 이 또한 아는 만큼만 보였구먼. 다산 정약용이 차에 대한 글을 쓴 게 이곳에서의 경험 때문이라는데, 그가 쓴 '경세유표'에는 중국의 말과 차를 교환하자고 주장하고 중국의 차세와 전매 제도에 대한 내용이 책에 있다고 한다. 강진 녹차 하면 또 한 명 떠오르는 사람이 있다. 초의선사. 그렇다. 대흥사하고 떼려야 뗄 수 없는. 초의 선사는 다선일미(茶禪一味)를 주장했다. 차 안에 부처의 법과 선의 기쁨이 다 들어 있다는데 필부필부가 어찌 이를 알까. 그래야 한다는 건지 그렇게 된 것이란 건지.

백운동 정원은 담양의 소쇄원, 보길도의 부용동 정원과 함께 호남의 3대 정원으로 불리는데 다른 정원을 가보지 못해서 비교할 수 없어 아쉽다. 백운동 정원은 백운동별서 정원이라고 이름이 붙이는데 이때 별서가 "출세의 뜻을 버리고 은둔해 살기 위해 살림집과 떨어진 곳에 있는 별채"를 말한다. 출세하지 않아도 이 정도 별채를 꾸밀 정도라면 도대체 당시 양반들의 살림살이가 얼마나 된다는 말인가? 이담로가 조성한 별장인데 조선 중기 선비들의 은거 문화를 알려주는 문화유산이라고 한다. 근데 왜 은거 했을까? 당쟁에 밀려서? 당쟁이 싫어서? 지식의 짧음이 여기서 멈춘다. 출세를 원하면 출세에 무심한 사람도 있을 텐데 출세라는 게 누군가의 관계 속에서 이뤄지는 것은 아닌지. 세상의 번잡함이 싫어 당연히 그럴 수 있을 것 같다. 물론, 양반 계층에 해당하는 얘기지만. 이곳이 복원된 계기는 다산이 초의 선사에게 백운동 관련 12가지 풍경에 시를 더해서 남긴 '백운첩'을 근거로 했다고 한다. 이곳 정원을 제대로 보려면 백운첩에 나타난

12가지 풍경을 중심으로 봐야 하는데 정원 밖 시원시원한 왕대나무숲이 오래오래 기억이 될 것 같다. 시각적인 그 시원함이란.

백운동 정원은 내원과 외원으로 되어 있는데 구분 근거는 담장을 기준으로 집안과 밖으로 나뉜다. 집안은 본채와 사랑채가 있는 상단과 꽃으로 이뤄진 중단, 두 개의 연못으로 구성된 하단으로 되어있는데 알고 보지 않으면 파악하기 힘들다. 정원과 주변이 국가지정문화재 명승 제115호란다. 그만큼 아름답다는 것인데 정원 안에는 상류에서 흘러내리는 물길이 돌아나가게 되어있다. 상류에서 내려오는 술잔을 받아 마시며 시를 읊었다는데 방문한 날은 비가 많이 와서 온통 흙탕물이어서 그런지 그런 감흥은 없었다. 집 밖 정자 이름이 정선대인데 이곳에서 보이는 월출산 옥판봉이 제1경이라는데 아, 그렇다. 아쉬움이 바로 이것이었다. 강진다원 뒤 월출산을 보지 못했던 그 아쉬움이 여기서도 이어졌다. 이 아쉬움은 대나무 숲길을 걷는 것으로 해소했다. 대나무 숲길, 세계적으로 1,200여 종이나 되고 우리나라에는 14종이 있다는데 우리 집 한편에 자리한 대나무는 무슨 대나무인고. 뜨거운 한여름이라도 이곳에 오면 가슴까지 시원해지겠다.

전라병영성

차 타고 지나가다 눈에 띈 것이 하멜 기념관이었다. 아, 하멜표류기? 조선을 최초로 유럽에 소개한 책. 그런데 코로나 때문인지 문이 닫혔다. 맞은편에 병영성이란 게 있네. 병영성? 하멜과 그의 일행이 1656년 강진 병영으로 유배되어 7년을 이웃에서 살았다는데 조선 시대 전라도 병마절도사의 병영성이란다. 왜구로부터 이 땅을 지켜내도록 한. 그런데 성 마당에 탱크가 있다. 웬 탱크?? 언제 탱크일까? 병영성 자체가 왜구를 막기 위해 지어진 성이라는 것을 강조하기 위해 탱크를 전시했나! 이게 무슨?? 뭔가 아쉽기도 하고 그럴듯하기도.

조선 시대에 축조된 전라도 병마절도사의 병영성. 1417년(태종 17)에 지금의 광주광역시 광산에 있던 병영을 강진으로 옮겨 병사 마천목이 쌓았다고 하는데, 당시 성의 둘레가 2,820척이고 높이가 10척 8촌이라 하였다. 척이라. 자가 한자로 척인데 척의 길이가 계속 변했다는데 불행하게도 일제강점기에 30.3cm라고 하니 유추하면 정확하지는 않아도 대략 1km, 높이는 3.5m 정도. 왜란 당시 한때 왜구에 의해 점령되었는데 그 후 1599년(선조 32)에 병영을 일시 장흥으로 옮겼다가 5년 만에 성곽을 수리하여 다시 병영이 되었다고 한다. 성문은 모두 동서남북 4개로 이뤄졌고 각 문마다 옹성을 갖추고 있다. 조선 시대 읍성과 평지의 진영에 일반적으로 적용된 축조 방법이 잘 남아 있어 당시의 성곽 축조술 연구에 좋은 자료를 제공하고 있다는데 문외한이라서 뭔 소린지 잘 모르겠지만 비가 와서 그런지 병영성 운치가 예술이다. 그 후 동학혁명 때인 1894년 12월에는 동학 농민군에 의해 병영성까지 함락된 후 성이 일부 소실되기도 했단다. 당시 서문과 북문 사이에는 객사, 동헌, 내아가 자리 잡았었고

동북문과 동문 사이에는 이청, 영청이 있었다는데 흔적은 하나도 남아 있지 않지만, 성벽은 그대로 남아 있다고 한다. 복원작업이 한창인 것 같은데 나중에 복원이 제대로 이뤄졌으면 하는 바람이다. 아, 탱크에 대한 궁금증이 풀렸다. 이곳 병영성이 육군의 전라병영성인데 수군의 삼도수군통제영과 같은 위치라서 이곳이 바닷가 고을이지만 현재 기준으로 육군 군단 사령부가 있었다는 점을 강조한 것이라고 한다. 그런데 왜구한테 함락당했잖아. 그래도 사적 397호인데 치욕스러운 역사도 역사이다. 역사는 이미 과거이지만 뭔 훗날 미래 또한 역사도 될 수 있기에.

※ 참고 : 근처 식사할 만 곳

13. 청남대, 해볼 만하다고

"나는 머리를 들었다. 검은 구름의 둑이 앞바다를 막고 있었고, 지구의 끝까지 뻗은 고요한 수로가 어두운 하늘 아래 음산하게 흐르다가, 거대한 어둠의 깊은 속으로 빨려 들어가고 있는 것 같았다."[7]

어디 있는 대학이에요? 아하하. 웃을 수 없었다. 그럴 수도 있겠다 싶다. 살면서 권력의 향기를 맡을 수 있는 사람들이 얼마나 될까? 권불십년이라지만. 대부분 출세하고 성공하고 자기 노력의 대가가 휘황찬란하기를 바라지 않던가! 사회적 약자를 위한다는 위정자들이 선별적으로 자기 권력을 유지하는 전제하에 약자를 위하지만. 그래도 권력의 향기가 얼마나 달콤하겠던가. 그래서 부나방처럼 달려들지 않던가. 하물며 권력 그 자체를 말해 무엇 하겠는가. 돌아오는 길에 대통령이란 자리가 해볼 만했겠다 는 생각이 들었다. 누리는 권한과 혜택만 생각한다면. 그런데 한편에서는 여전히 순진하군. 해볼 만했겠다고?

원래는 군산 선유도에 바람 쐬러 갔다 오려 했는데 먼저 갔다 온 후배가 말하기를 사람이 너무 많단다. 다리가 놓인 후 너도, 나도 가겠지. 휴가철이지만 여름 땡볕의 바닷가라서 별로 내키지도 않았다. 어디 갈 때 없을까 하고 생각하다 생각난 곳. 주야장천 비만 내리다가, 집안에 살판난 듯 곰팡이가 지천이었지만. 아버지와 추억 하나 남기려 찾다가 간 곳. 청남

대. 언젠가

공주에서 대청호까지 자전거로 가보겠다는 생각도 잠시 했었는데 멀어서
포기했었다. 이제 몸이 따라주지 않는다. 그런데 차로야 뭐 식은 죽 먹기.
코로나로 인해 예약 없이도 가능하다는데 망설일 이유가 없었다. 그래서
간 "따듯한 남쪽의 청와대." 권력의 심장이 따듯할 리가! 권력의 속성이
따듯할 수는 없을 텐데 가는 길이 역시 예사롭지 않다. 우선, 아름답다.
대청호 물길을 따라가는 길이 드라이브하기에 최적이다. 가을에 가면 좋을
듯한데, 그럼 그렇지 한국의 아름다운 길 100선에 선정되기도 했단다. 차
를 몰다 순간순간 보이는 호수가 좋다. 그런데 이 길은 외통수다. 나올 때
그대로 나와야 한다니. 경비에는 최적이겠다. 가다가 점심을 해결하려는데
음식점이 안 보인다. 대청호 상류 지역이 상수원 보호 지역이라 음식점

허가가 안 난단다. 이런, 연로하신 아버지 점심은 어떻게 하남.

청남대 본관 입구가 범상치 않다. 반송이다. 본관 건물 앞까지 양쪽에 도열해 있는데 의장대 같다. 고고함이 묻어 나온다. 나, 이런 놈이야 하고 자랑하는 것 같다. 식생에 문외한이지만 그저 감탄이 나온다. 소나무 하면 금강소나무만 생각났는데 황금송, 은송, 남복송 등 여러 품종이 있단다. 이렇게 멋질 수가? 나무마다 물 공급해 주는 호수를 감고 있다. 관리를 얼마나 철저히 했겠나 싶다. 국내 유일한 대통령 별장인데. 흠. 한국의 대통령이라. 틀림없이 삐딱해진 마음 때문이겠지만 본관, 대통령 기념관, 그리고 드문드문 보이는 대통령 동상 등 관련 시설물들이 별 감흥을 주지 못한다. 어떤 대통령이든 공과가 있겠지만 정치 권력이란 게 선의와 배려로 잡을 수 있던가. 내가 누릴 권력의 크기기 클수록 반대의 몫이 작아질 수밖에 없고, 내 권한을 위해 누군가를 죽여야만 하는 게 권력이거늘. 이런 몽상에 잠겨있는데 자원봉사자가 먼저 움직인다. 힘들어하시는 아버지를 보고 더위에 무리하지 마시고 건물 안에서 쉬라고 한다. 그래서 들어간 대통령 기념관. 아, 건물 안은 정말 시원했다. 정치도 이렇게 했다면 존경받는 대통령이 많았을 텐데. 권력을 잡으면 마음이 당연히 바뀌겠지. 화장실만 갔다 와도 마음이 변한다던데.

세대가 달라서인가? 아버지께서 이것저것 꼼꼼히 보려 하신다. 이승만 전 대통령부터 이런저런 치적을 나열해 놓으니 감회가 새로우신 것 같다. 우리는 언제나 자랑스러운 대통령을 가져볼까. 너무 냉소적이라고! 기념관 내 대통령 조형물들이 주는 감동이 없다. 앞으로도 전혀 명승으로 지정될 가치가 없어 보이는 건물들이지만 경치가 좋다. 이러니 대통령 별장으로 만들었겠지. 누구든 방해받지 않고 가족들끼리 좋은 시간 가졌겠지. 뭐, 국민들한테 존경을 받는다면 별장이 대수인가! 오히려 장려하고 싶다. 푹 쉬고 훌륭한 정책 만들라고. 그러라고 세금 내는 것이지만. 날씨가 덥지 않고 체력이 된다면 청남대 안 전체 관람 길을 맘 먹고 걸어보고 싶다. 누구누구 대통령 길이라고 이름 붙인 게 촌스럽게 느껴지지만, 모든 길이 아주 편하게 잘해 놨다. 입장료가 싸다는 느낌이 없지만, 골프장에서 일하시는 나이 드신 분들 뵈니 기꺼이 지급할 수 있겠다. 이 더위에 이 정도 관리하기가 쉽지 않을 텐데. 애초 관리가 필부필부를 위했겠느냐 마는 뭐 어떠랴. 오늘 하루 좋았으면 되는 거지. 뭘 더 바랄까. 대통령도 아닌데. 그 대통령들도 지금 없는데.

이 멋진 풍경을 일반인에게 돌려준 대통령도 있지만, 대부분의 다른 대통령이 이런 생각이나 했을까? 경치가 좋고 시설이 잘해놨다는 것보다 보다 아버지가 이곳에 처음 와봤다는 말씀이 가장 기뻤다. 아버지께서 안 가본 곳, 처음 가본 곳을 좋아하시는데 그나마 아버지의 성정을 따를 수 있어서 좋았다. 이렇게 여름이 지나간다.

14. 공주, 산성시장, 포르투갈의 높은 산

"사랑은 집이다. 매일 아침 수도관은 거품이 이는 새로운 감정들을 나르고, 하수구는 말다툼을 씻어 내리고, 환한 창문은 활짝 열려 새로이 다진 선의의 싱그러운 공기를 받아들인다. 사랑은 흔들리지 않는 토대와 무너지지 않는 천장으로 된 집이다. 그에게도 한때 그런 집이 있었다, 그것이 무너지기 전까지는."[8]

'부모님이 살았던' 이 이상의 어떤 이유가 필요할까? 부모님이 나고 자라고 돌아가시고 묻힌 곳. 별로 특별하지 않은 소소한 일상이 기억될 때마다, 이 기억도 얼마 지나지 않아 긴가민가하겠지만, 그 연장선에서 기억을 작은 기록으로 남기고 싶었다. 그래서 방문한 산성시장. 전통시장 내지 재래시장이라 불리는 곳. 별로 특별할 것 없는, 닭강정, 반줄 김밥, 잔치국수, 호떡 등 어디서나 먹을 수 있는 음식이 이제 이곳의 대표 음식이 된 곳. 이것도 다 인터넷 세상 덕분이지만 이런 세간의 평가가 아무리 훌륭해도 추석이나 설 때 부모님과 함께 차례상 재물을 준비하던 추억, 어머니 사별 후 점점 여위어가는 아버지와 함께 장날 이곳저곳 단골집 주인장들과 나누던 대화를 넘어서는 가치 있는 기억이 얼마나 될까!!

얀 마텔(2004)이 쓴 소설을 영화로 만들었던 '파이 이야기'를 볼 때 처음에 무슨 내용인지 잘 몰랐다. 아마 기억이 맞는다면 3D로 본 최초의 영화일 것이다. 신기함에 빠져 모르는 것도 아는 체하고 미처 깨닫지 못한 것도 그냥 넘어갔을 듯한 당시 기억. 심오한 내용이라 책으로 읽었으면 좋았을까? 결과적으로 이 책보다 먼저 읽은 책은 자주 가는 중고책방에서 제목이 독특해서 눈에 확 띄었던 《포르투갈의 높은 산》이다. 얀 마텔이 《파이 이야기》를 썼다고 해서 주저 없이 골랐던 책. 좋은 책을 구분하는 공력이 부족하니 남의 평가에 의존할 수밖에 없지만 그래도 읽고 난 생각, 세간의 평가가 틀리지 않았다. 좋았다. 세 가지 이야기 속의 세 남자가 다 다른 남자지만 내용은 다 연결된다. 그래서 이 책이 뛰어난 걸까?

언젠가 공주가 예를 중시하는 곳이라서 유림이 철도가 들어오는 것을 반대했기 때문에 대전보다 개발이 늦어졌다고 들었던 기억이 있다. 정말 그랬을까? 공주는 금강을 통해 군산이나 강경과 수많은 배로 교역이 이뤄

져서 이 일대에 많은 시장들이 개설되었는데 18세기에는 무려 14개의
시장이 개설되었다. 이렇게 된 배경은 역시 강이다. 공주에서 배를 타고
부여까지 가는 방법이 없을까 생각했었는데 예전에는 정말 배가 운항을
했나 보다. 군산에서 세종특별자치시에 있는 부강까지 수심이 깊어 물자를
수송했다고 하니. 1900년대에는 금강을 다니는 배가 연간 1만 5천 척이
었다는데 이것은 어디까지 철도와 도로가 발달하기 전까지 그랬다는 것이
다. 금강에 있던 포구 주변에 자연스럽게 상권이 형성되니 시장이 발달할
수밖에 그래서 18세기 기록인 《동국문헌비고》(1770)에는 14개의 장이 섰
다고 한다. 그런데 일제 강점기부터 교통의 중심이 육로로 바뀌고 1905년
경부선, 1914년 호남선이 공주가 아닌 대전을 경유하게 되면서 유통의 흐
름이 변한 것인데, 유림이 반대해서 대전을 경유한 철도건설을 한 게 아
니고 철저하게 일제가 기존 상권의 저항이나 보상 없이 물류를 장악하려
했다는 것이다. 그로 인해 1932년에는 충청남도 도청소재지가 공주에서
대전으로 옮겨지기까지 했는데 이렇게 공주의 상권이 쇠락하면서도 공주
장의 상권이 바로 산성시장에서 명맥이 이어진 것이다.

"엄청난 고통과 비탄에 빠진 세 남자가 영혼의 안식처인 '집'을 찾아 떠나는 여정을 연작소설 형식으로 그린" 작품이라는데, 제목이 포르투갈의 높은 산이라니? 첫 번째 남자 토마스는 일주일 만에 아버지, 아내와 아들의 죽음을 겪고 절망감과 분노로 신을 향한 복수를 다짐하며 높은 산으로 먼 길을 떠난다. 부검 병리학자인 두 번째 남자는 아내의 부재 이후 상실감 속에서 살아가는데 어느 날 자기 남편을 부검해달라는 여인을 만난다. 그 여인은 부검을 통해 남편이 왜 죽었느냐가 아니라 어떠한 삶을 살았는지 알려달라는 요청을 받는다. 세 번째는 40년을 함께한 아내의 죽음으로 큰 슬픔에 빠진 남자가 침팬지 오도와 함께 부모님의 고향인 포르투갈 북부의 고향 마을 투이젤루에 정착한다. 오도가 바라는 자유의 열망을 읽고 오도를 보내면서 본인도 이곳 안식처에서 자기의 생을 마감한다.

이 책의 서평에서 《파이 이야기》보다 더 풍부한 은유와 상징, 마술적 리얼리즘이라 할 수 있는 환상적이면서 정교한 서사로 독자의 마음을 사로잡는다던데, 이런 평가는 '파이 이야기'를 읽지 않아서 잘 모르겠다. 그렇지만 이 소설은 머릿속에서 인간에게 믿음이란 도대체 무엇이고, 삶과 죽음을 통해 인간 존재란 무엇인가 등을 끊임없이 생각하게 만든다. 세 가지 이야기 속의 세 남자는 서로 다른 삶을 살아왔지만 마치 하나의 원처럼 연결되고 순환된다. 마치 불교의 연기설(緣起說)처럼.

그렇다면 공주 산성 시장이 '포르투갈의 높은 산'과 무슨 인연? 전혀 상관이 없는데. 소설에서는 인간의 근원적 물음을 끊임없이 되새기는 내용 속에서 세 번째 남자는 부모님의 고향에서 죽음을 맞는다. 그래 고향 때문이다. 아버지와의 인연이 이어지는 이곳이 적어도 내가 살아있는 동안 아버지와 이어주는 끈이 되기 때문이다. 그게 고향이 주는 의미이다. 지금 어머니가 어떻게 돌아가셨는지가 아니라 어떻게 사셨는지 기억하고 싶은 것처럼, 소설 속 두 번째 얘기에서 죽은 남자의 미망인이 자기 남편이 왜 죽었는지 부검해달라는 것이 아니라 어떠한 삶을 살았는지 알려달라는 것처럼, 지금은 다행히도 아버지가 어떻게 사시는지 이곳 아버지의 고향에서 직접 알 수 있기 때문이다.

평범한 공주 산성시장 한편에서 아버지와 함께한 기억들이 언젠가는 추억이 되고 이것이 나를 아버지와 연결해 줄 것으로 믿는다. 포르투갈의 높은 산이 누군가의 고향이고 누군가의 안식처가 되듯이 포르투갈과 정반대인 이곳 산성시장에서 함께한 아버지와의 추억들이 내 마음의 고향이 되고 안식처가 되어 소설 속 주인공들처럼 상실의 아픔을 겪지 않아도 되는 자양분이 될 것이다.

15. 군산 선유도, 노마 할머니 흉내 내기

도대체 몇 킬로미터 늘어선 것일까? 끝이 보이지 않더니 새만금 방조제 초입까지 차가 밀려있다. 주말에 차가 엄청나게 몰린다더니 다리가 놓인 뒤 접근성이 너무 좋아졌나 보다. 일찍 왔기에 섬에서 여유롭게 시간을 보냈다. 사람도 많지 않아서 한적했던 섬. 그런데 돌아갈 때 길게 늘어선 왼편 차들을 보며 지금 가는 사람들은 어디에 차를 세워 둘까, 라는 필요 없는 생각까지. 속으로 통쾌함을 느꼈다면 벌 받겠지? 대중가요건 여행지 건 사람들이 몰리는 우리네 습성을 탓하기보다 역병으로 인한 스트레스 풀려고 너도나도 나들이 나왔을 거라고 생각하니 마음이 여유로워졌다.

원래는 대장봉, 선유봉, 망주봉을 중심으로 섬 일주를 둘러보기로 했다. 구불8길로 알려진 구간을 걷기로 한 것이다. 그래서 일찍 잠들었다. 그런데 밖이 밝은 것 같아 놀라서 벌떡 일어났더니 알람이 주말에는 울리지 않게 해놓았다. 이런 6시 30분이다. 5시 30분에 일어나려 했는데 뭐 그래도 다행이라 생각하고 거실로 나가니 아버지께서 당신도 가시겠단다. 아뿔싸!! 섬 일주는 텄다는 생각이 스쳤지만, 아버지와 함께라면 어디든 가야 할 것 같았다. 혹시 《드라이빙 미스 노마》(2017)를 읽어봤는가? "아흔 살의 나이, 배우자의 죽음, 암 선고, 당신이라면 어떤 선택을 할까. 노마가 당신의 어머니라면 당신은 어떤 제안을 할까"라는 책 소개 글만으로도 가슴이 뭉클해지는 책. "팀과 내가 계속해서 다음에 하자고 미룬 것은 바로 팀의 부모님과 나이 듦에 대하여 대화를 나누는 것, 그중에서도 특히 부모님이 생의 마지막을 어떻게 보내고 싶은지 물어보는 것"이란 구절에서 숨이 막혔다. 나라면 그렇게 할 수 있을까? 덤덤하게? 이 책을 어머니 생전에 읽었다면 얼마나 달라졌을 까만 조금이라도 달라졌을 것이란 미련마

저도 그저 안타까울 따름이었다. 어머니는 손쓸 틈이 없이 가셨는데, 마지막으로 자식들 걱정 덜 시키시려고 가셨다고 위로 삼지만, 남은 아버지는 그러면 안 될 것 같았다. 그래서 아버지와 함께라면 무조건 가야만 했다. 그곳이 어디든 기꺼이. 언젠가 아버지의 소풍도 예기치 않게 찾아오겠지만 미련만큼은 추호도 남기지 않으려 정말 힘들겠지만 나도 말해보련다. '남은 생 그 마지막을 어떻게 보내고 싶으시냐고.' 그래서 후다닥 준비물을 챙겨서 떠나는데 부슬비가 내리는 중이다. 흠, 뭐 날씨가 대순가! 그러고 보니 일기예보를 확인하지 않았다.

추석 연휴의 끝이라서 그런지 고속도로에 차가 없다. 지방으로 내려가는 길이라서 그런가? 일찍 출발해서인지 마음이 상쾌하다. 추월하는 차를 넉넉한 마음으로 바라보다 어느덧 새만금 방조제에 들어섰다. 아침부터 방조제 한편에 차들이 많다. 사람들이 정말 부지런하군, 그런데 사람들이 안 보이네. 다들 어디 갔을까? 궁금증은 오는 길에 해결하기로 하고 예전 이곳에 부모님과 함께 왔던 기억이 났다. 그땐 아버지가 혼자가 아니셨는데. 비는 어느덧 멈췄는데 날씨가 잔뜩 흐리다. 아버지와 함께해서 그런지 선유도에 바로 도착한 듯했다. 원래 계획은 선유대교 인근에 주차하고 선유봉을 오르는 것인데 계획을 빨리 접고 아버지를 중심으로 생각하기로 했다. 그래서 그냥 차를 장자도로 몰았다. 대장봉을 오르는 것이 첫 번째 계획이었다. 이곳에서 보는 서해 일몰이 망주봉만큼 죽인다는데, 언감생심. 다음을 기약하고 대장봉으로 올랐다. 아버지랑? 그랬으면 얼마나 좋았을까만, 아버지는 오르지 못하시고 대장도와 밑에서 데이트를 하시기로 하셨다. 틈날 때마다 관악산을 자주 오르셨던 분인데.

올라가는 길이 날씨가 습해서인지 헉헉거린다. 등줄기에서는 땀이 송골송골 이네 옷이 젖었다. 인터넷 어디서 누가 20분 만에 올랐다는 글을 읽어보았기 때문인지 맘이 급해졌다. 아직은 해볼 만한 나이인데 이 정도야 하고 도전하고 싶었다. 걷다 보이는 할매바위도 본 둥 만 둥 내려올 때 제대로 보기로 하고 속행, 중간에 전망대가 보이는데 텐트가 있다. 오호, 누군가 어제 여기서 잤구면. 야, 좋았겠다는 생각도 잠시 발은 정상으로 향했다. 오히려 땀을 흠뻑 흘리고 싶었다. 그렇게 땀과 친해진 후 오른 해발 장장 140.9m. 민망하다. 이렇게 높은 곳(?)을 힘들게 오르다니. 그런데 어라 전망대에 텐트가 많네. 다들 이곳에서 잤구나. 이게 노지 캠핑?? 요즘 유행한다는? 한두 명이 아닌데. 귀찮아하는 버릇을 느끼던 찰나, 경치 때문에 대장봉이란 이름이 붙은 거냐는 생각이 불쑥 들었다. 산이 꼭 높이로만 승부 나던가? 경치가 정말 대장감이다. 당연히 대장도에 있는 봉우리니 대장봉이겠지만. 혹시 아버지가 보일까 싶어 내려다보니 저 멀리 아래 아버지가 보인다. 섬이 작구나. 그런데 흠... 이곳이 고군산 군도, 아기자기하게 섬들이 모여 있는, 무녀도, 산유도, 신시도, 방축도 등 63개 섬으로 되어있는 한 곳에 내가 있었던 것이다.

다음은 고군산군도의 군계일학, 선유도(仙遊島)로 향했다. 신선이 구름 탄

다고? 봤냐고? 장자대교를 걷고 싶었는데 아버지 핑계 대고 그냥 차로 쌩 왔다. 대장봉에서 보던 명사십리 해수욕장 길이가 정말 4km일까? 우리가 알고 있던 명사십리가 여기에? 설마, 아니겠지. 그 명사십리는 완도의 명 사십리이고 길이는 3.8km이다. 여기는 얼마? 그렇지 아버지께서 단칼에 4km 안 된다고 하셨는데 맞다. 어림잡아 2km 정도. 당연히 걸을만했다. 걸으며 보니 사람들이 모래사장에서 뭔가를 캔다. 이것저것. 부모인 듯 보 이는 사람들과 아이들의 모습이 정겹다. 걸어서 바다로 100m 들어가도 수심이 얕다는데 충분히 그럴 것 같다. 이제야 가족 단위 나들이객이 많 은 이유를 알았다. 파도도 높게 들이칠 것 같지 않고. 찾아보니 선유도의 명사십리(明沙十里)는 역시 완도의 명사십리(鳴沙十里)와 한자가 다르다. 우 는 모래라. 억울해서 그랬겠지. 조선 후기 철종의 사촌 이세보가 신지도로 유배 온 후 해변에서 유배의 설움과 울분을 시로 토했다는데, 억울한 귀 양살이를 끝낸 이세보가 한양으로 돌아간 다음부터 모래밭에서 이상한 소 리가 들려왔다는 전설, 그래서 명사(鳴沙)다.

얼마나 아름다우면 신선이 놀았을까! 그래서 선유도지만 선유도를 더 멋지게 하는 것은 예쁜 모래 해변과 다정한 사람들과 더불어 망주봉을 빼면 안 될 것이다. 높이는 152m로 얼마 높지 않아 오르고 싶었지만, 다음으로 미루고 이곳에도 억울하게 유배된 충신이 이곳에 올라 임금을 그리워했다는데, 뭐 당쟁이 심해서 그랬나 이렇게 억울한 유배자가 많으면 그 나라가 제대로 굴러간 건가? 더 웃긴 건 억울하게 유배당하면 임금이 그리워지나? 아 참, 이걸 믿어야 하는지. 왕이나 귀족 빼면 그 당시 나머지는 인간이 아니었나 보다. 시대를 잘 만나 보통 사람으로 이렇게 편하게 선유도에 와서 즐겁게 보내니 여간 다행히 아니라고 삐딱하게 생동하였지만. 이리로 보나 저리로 보나 망주봉 포함 이곳이 명승 제113호라고 충분히 불릴만했다. 망주봉에는 바다 신에게 제사를 지내던 오룡묘, 군산정, 사찰 자복사 터가 있다는데 저 봉우리에 가능? 다음에 확인해봐야겠다. 이로써 다시 와야 할 이유가 하나 더 생겼다. 그나저나 망주봉에서 보는 선유낙조가 서해의 낙조 중 으뜸이라는데 이것만큼은 능히 그럴 것 같다.

집으로 향하면서 다시 들른 새만금 방조제에는 차량이 아침보다 더 많다. 방조제 처음부터 끝까지 온통 차량 행렬이다. 도대체 뭔지? 아, 이제야 의문이 풀렸다. 아침에 선유도 들어갈 때 품은 의문. 방조제 차들. 그렇구나. 우리처럼 바람 쐬는 사람도 많지만 방조제에 서 있는 사람들 뭐 하고 있지? 낚시 중이다. 그렇구나. 이곳이 포인튼감? 부부가 낚시가방을 메고 차도를 건너는 모습이 예쁘다. 취미도 같다면 남는 여생이 더 풍요로워지겠지? 여기 오면 항상 느끼게 되는 것이 방조제 규모가 정말 상당하는 것이다. 그런데 이곳을 메꿔서 다 뭐 하려고? 농사지을 땅이 부족하던가? 세계에서 가장 긴 방조제라는 것은 알겠는데 왜 만들었는지 기억이 없다. 김제시 김제평야의 다른 이름이 만금 평야라는데 여기서 만과 김을 합친 이름에 새(new)를 붙여서 명명, 그런데 왜 만들었냐고!

노마 할머니에 대한 책을 읽으면서 부러운 것은 오늘처럼 한나절이 아니라 캠핑카를 타고 몇 달을 여행하는 미국의 자연환경이다. 그러니 1년을

같이 여행할 수 있었던 것인데 정말 더 부러웠던 것은 '죽음이 문을 두드리는 소리'를 들으면서 여행을 떠나는 할머니의 용기와 더불어 남은 가족들에게 아름답고 소중한 기억을 남겨준 할머니가 존경스러웠다. 그래서 기회를 만들어 아버지께 생의 마지막을 어떻게 보내고 싶으신지 물어봐야겠다. 그래야만 하겠다. 노마 할머니 흉내 내서 말이다.

그나저나 다음엔 어디를 갈 거나 아버지와 함께.

16. 계룡산 장군봉에서 갑사까지, 어른이라는 건.

"장군봉에서 올라오면 험하지 않나요?" 신선봉(649m)에서 만난 초로의 남자가 건넨 말이다. 그랬었나? 예전에 아마 초겨울에 장군봉(512m)에서 오른 적이 있었다. 오르다 힘들어 작은 배제로 내려갔던 기억. 병사골탐방로 입구에서 만난 건장한 청년이 자기는 장군봉까지 오른 후 돌아오는 길이란다. 어디까지 갈까? 오늘은 굳이 목적지가 없다. 시간이 12시니까 늦게까지 산행을 할 수는 없고. 언젠가 이곳에서 시작해서 갑사나 신원사까지 걸어볼 예정이지만 오늘은 아니다. 그랬으면 아침부터 올라야 했다. 오늘은 그저 오르다 힘들면 돌아오지 뭐라는 가벼운 생각으로 가다 보니 어느새 큰 배제까지 걸었다. 여기서 남매 탑까지는 지척이다. 걷다 보니 걷게되는 예기치 않은 산행이 만족스럽다. 우리네 인생이 이러면 얼마나 좋을까. 기대하지 않았는데 만족스럽다면 말이다.

박정자 사거리 근처 병사골탐방로에서 시작되는 장군봉은 해발 512m 높이지만 오르려면 힘들다. 들머리부터 계속 오르막이다. 그런데 시간이 짧게 걸려서 정상에 오른 것치고는 그 경치가 뛰어나다. 이곳에서 보이는 천왕봉과 발아래 마을 전경이 예사롭지 않다. 산을 오르고 싶은데 시간이 여유가 없을 때 추천한다. 생김새도 당당하다. 그래서 장군봉인가? 예나 지금이나 아는 사람만 다니는 등산로인 듯하다. 나들이객들이 오를 이유가 없을 뿐만 아니라 갑사, 동학사, 신원사 등 유명 사찰들과 거리가 멀다. 그저 산이 좋아서 오른다면 모를까. 이곳으로 오를 이유가 많지 않다.

장군봉에서 갓 바위 삼거리까지는 걷는 틈틈이 세종시와 대전시를 볼 수 있다. 계속해서 천왕봉을 보는 것은 덤이다. 이 길은 당연히 평지가 아니라서 끊임없이 오르락내리락한다. 바위라 불러야 할까? 능선이 날카롭다.

등산로를 국립공원공단에서 관리를 안 했다면 오르기 힘들었을 것이다. 군데군데 철제 난간을 해놓았고 바위 중간마다 발을 디딜 수 있도록 발판을 만들어 났다. 이 시설물이 없었다면 선택하기 힘든 산행길이다. 이렇게 갓바위 삼거리까지 인내를 시험한다. 그런데 뭐 선택의 여지가 없다. 장군봉으로 다시 돌아가지 않는다면 외길이다. 다행히 경치도 좋고 산을 오르내릴 때 힘들면 바위에 걸터앉아 세상을 조망하면 된다. 언젠가부터 내려다보는 게 좋다. 지금까지 살아오면서 항상 올려다봐서 그런가 보다. 어쩌면 이게 등산의 매력인 것 같다. 너른 세상 호기롭게 내려 볼 수 있는 것, 필부필부라도 말이다.

산 능선을 타다 보니 사실 지겨울 틈이 없다. 한눈을 팔다가 사고 나기 쉬우니 집중하고 걸을 수밖에. 그러다 보면 시간이 훌쩍 지난 것을 깨닫게 된다. 머리는 힘들다는 것을 느끼지 못하는데 몸이 땀으로 밴다. 계속 물을 마시게 되고 쉬운 등산로가 아니다. 그러다 어디쯤 왔지 생각날 때

갓 바위 삼거리에 도착한다. 여기가 작은 배제 내려가는 갈림길이다. 예전
에 여기서 내려갔었다. 몸이 받쳐주지 않으면 과감하게 내려가면 된다. 마
음 가는 대로 가는데 무슨 장애가 될까. 오늘은 발걸음이 가벼워 앞으로
내디딘다. 앞으로도 이렇게 살아갈 수만 있다면 과거가 무슨 대수일까. 이
젠 그냥 가야만 한다. 기꺼이 가야겠다. 힘들면, 가다 못 가면 쉬었다 가
지.

어찌 보면 우린 관성적으로 앞으로 나아가기만 한 것 같다. 좀 늦더라도
제대로 가야 하는데 지금 그렇게 하는 건지 잘 모르겠다. 때론, 후회도 사
치 아니던가. 다행이다. 산행 중에 걷다가 어라, 이만큼 걸어왔군, 하고
자신을 북돋우면 앞으로 나아갈 만하다. 오늘이 그런 날. 더불어 날씨가
산행에 최적이다. 바람도 많지 않고. 날씨가 더 추워지면 산행이 쉽지 않
음을 익히 경험했기에 경쾌하게 내디딘다. 능선 산행이 좋은 게 그저 걷
다 보면 주변 풍광에 취해 또 걷게 된다. 그러다 보이는 익숙한 봉우리.
삼불봉이다. 어느덧 종착지가 가까워진다는 신호다. 그렇게 도착한 신선

봉. 어라, 뭐 이렇지? 나무에 매달아 있는 신선봉이란 푯말이 없으면 몰라 봤을 것이다. 그저 평범하다. 그냥 지나치기에 딱 좋은 바위. 누가 붙였을까? 유구한 전통이 있을 것 같지 않은데. 어느덧 힘든 고비를 다 넘겼다. 멀리 천왕봉뿐만 아니라 삼불봉도 볼 수 있어 신선봉인가?

여기서부터는 평탄하게 내려가는 길로 바로 큰 배제 삼거리가 나온다. 삼거리. 어디로 갈지 선택하면 가지 않는 길이 결정되고. 이제는 프로스트의 시 '가지 않는 길'도 별로 감흥이 없다. 고등학생 때 감상에 젖어 읊조리던 시였는데. 이미 걸어서 올 만큼 왔기 때문일 것이다. 지금까지 산만큼 살아서인가? 이곳에서 지석골탐방로나 천정탐방로로 내려가도 되고 남매탑까지 더 가고서 동학사로 내려가도 된다. 어디든 집으로 갈 터. 그렇지 마무리. 마무리가 중요하지. 가지 않은 길에 대한 회한도 중요하지만 온 길, 지금까지 온 길도 소중한 것을 배웠다. 사실, 돌이킬 수 없다는 것을 체념적으로 체득했기 때문인데. 아, 이게 성장한 것인가. 아, 어른이구나. 이제는.

17. 가을에 자전거 타기, 금강에서

달리고 싶었다, 그냥. 마냥은 아니고. 오래된 자동차 타이어를 바꾸느라 시간은 어느덧 오후 4시를 넘겼다. 어디까지 갈까보다 그냥 가자는 생각으로 달렸다. 혹시나 몰라 집에서 나올 때 차 트렁크에 자전거를 실었었다. 그렇게 오늘 난 '오늘'을 살 수 있었다. 시간 때문이었을까? 세종으로 가는 길이 한산하다. 예전에도 그리 사람이 많지 않았지만 이렇게 멋진 금강의 자전거 길을 독점하듯 호사를 누렸다. 대청댐에서 금강하굿둑으로 연결되는 이 길은 총 146km이다. 도전해볼까? 아, 하루에 안 되겠구나.

오늘 전체 구간의 아주 일부지만 마음만큼은 전 구간을 달린 기분이다. 대청호건 금강하굿둑이 건 갔다가 돌아올 때도 자전거로 오자니, 엄두가

나지 않는다. 더불어 사이클 자전거라 펑크가 얼마나 자주 났던가. 이래저
래 핑계가 많다. 맘먹고 날 잡아서 도전해볼까? 가다 안 되면 돌아오면
되니까. 돌아올 때도 자전거로? 옛날만큼 열정이 크지 않다. 이크, 나이가
들었나 보다!

자전거의 매력은 몸으로 직접 느끼는 체감이다. 덥던, 춥던, 바람 불던,
비가 오던. 그래서 자전거를 타지만 그런데 남들처럼 자전거에 대한 내세
울 만한 기억이 별로 없다. 자전거 탄다는 사람치고 영웅담이 없을 수가
없는데. 그저 과천에서 양재천을 거쳐 여의도나 광나루 정도 어슬렁거렸던
기억이 전부다. 그런데 머리는 이미 자전거로 미 대륙을 횡단하고,9) 마음
으로는 중국에서 만 리를 자전거로 장정했다.10) 우리나라도 전국을 방방
곡곡 누비고 다녔으니.11) 당시, 책을 읽으면서 느꼈던 그 감흥이란. 그때
난 그들과 함께했었다. 힘들고 지치고 때론 괴로웠던, 물론 벅찼던 순간들
을 같이 했었다. 그래도 이런 동일시가 좋다. 언제 이 책들을 읽었는지 기

억이 없지만, 마음만큼 얼마나 흡족했던가. 대리만족이더라도 말이다. 책을 읽을 때 첫12) 장부터 다음 페이지까지 궁금해서 눈을 떼지 못할 때가 가장 행복한 순간이다. 이게 어딘감? 눈과 마음이 하나 되어 그들의 호흡을 따라가고자 했던 아스라한 기억. 그만큼 푹 빠졌다는 것인데 그들처럼 나도 그런 날이 올까. 두 사람 다 기자 출신이고 알 만한 사람은 다 아는 소위 셀럽(celebrity). 누군 책 때문에 유명해지고 누군 유명한데 책을 쓴 거고. 근데, 뭐 그게 중요하던가? 좋으면 그만이지. 남의 글이지만 마음만큼은 함께했던, 짧지만 그들의 여행기가 푹 빠졌던, 언젠가 나도 내 여행기를 쓰면 되지. 단, 기억되기 위해 기록하는 것은 아니지만.

집에 돌아와 샤워하고 다음날 출근할 때까지 힘든 줄 몰랐는데 점심 먹고 화장실에서 양치하다 거울을 가만히 들여다보니 오른쪽 아랫입술에 물집에 몇 개 생겼다. 흠, 힘들었구나. 이런. 저질 체력. 귀에서는 체력이 떨어졌다는 신호가 계속 울리는데 그냥 방기다. 이런저런 핑곗거리가 많다. 다시 몸을 만들어야겠다. 그래야 어디든 훌쩍 떠날 수 있지 않던가. 그나저나 날씨가 갑자기 추워진다. 바람도 많이 불고. 자전거는 바람에 젬병인데. 뭐, 세상살이도 젬병인데. 영화는 '바람 불어 좋은 날(1980)'이라고 하지만, 자전거는 바람 불어 좋지 않다. 이것만은 확실하다.

18. 화암사, 나도 사랑.

화암사, 내 사랑/안도현

인간세(人間世) 바깥에 있는 줄 알았습니다.
처음에는 나를 미워하는지 턱 돌아앉아
곁눈질 한번 보내오지 않았습니다.

나는 그 화암사를 찾아가기로 하였습니다.
세상한테 쫓기어 산속으로 도망가는 게 아니라
마음이 이끄는 길로 가고 싶었습니다.
계곡이 나오면 외나무다리가 되고
벼랑이 막아서면 허리를 낮추었습니다.

마을의 흙먼지를 잊어먹을 때까지 걸으니까
산은 슬쩍, 풍경의 한 귀퉁이를 보여주었습니다.
구름한테 들키지 않으려고 구름 속에 주춧돌을 놓은
잘 늙은 절 한 채

그 절집 안으로 발을 들여놓는 순간

그 절집 형체도 이름도 없어지고,

구름의 어깨를 치고 가는 불명산 능선 한 자락 같은 참회가

가슴을 때리는 것이었습니다.

인간의 마을에서 온 햇볕이

화암사 안마당에 먼저 와 있었기 때문입니다

나는, 세상의 뒤를 그저 쫓아다니기만 하였습니다.

화암사, 내 사랑

찾아가는 길을 굳이 알려주지는 않으렵니다.

화암사(花巖寺)?

절 이름이 쉽게 외워지지 않았다. 화엄사는 들어봤는데 구례에 있는 화엄
사가 워낙 대사찰이고 유명해서 입에 익숙한 탓이리라. 전북 완주. 초행길
에 어디 둘러볼까 찾다 "잘 늙은 절"이란 구절에 확 끌렸다. 완주라는 이
름도 낯선 차에. 시인 안도현이 도대체 뭘 보았기에 이리 표현했을까 궁
금했는데 이 절에 국보(극락전, 제316호)까지 있다. 국보도 있는 절이 잘
늙었다니. 그런데 뭐가 잘 늙었다는 것일까? 지은 지 얼마 되지 않은 절
이 주는 생경함이야 모르지 않지만, 절은 기본적으로 고색창연하지 않던
가. 절은 기본적으로 늙었는데 잘 늙었다니. 이런 의아함으로 찾아간 곳.
결론. 정갈했다. 군더더기가 없다. 이런 인생이면 잘 늙은 거다. 동의한다.
우리네 삶도 이 정도면 여한이 없겠다.

공주에서 완주 가는 국도 길이 여간 예쁜 게 아니다. 가을 끝 무렵 때문이겠지만 시야에 들어오는 평범했을 동네 모습들이 특별해 보인다. 대둔산을 지나 내려가는 길이 내내 좁다. 내비게이션이 아니라면 찾기 어려운 아주 한적한 시골 마을. 때론 교행하기도 어려운 길을 이리저리 가다 보니 더 갈 수 없다. 어라, 그냥 주차장이다. 번잡함을 떨치려 산사를 찾으면 대부분 번화한 사하촌을 거치는데 여긴 아예 없다. 신선했다. 불명산(佛明山), 부처님의 가르침을 밝혀주는 산이라서 그런가 보다. 산 이름도 익숙하지 않은데 화암사라니. 화암사라는 이름은 돌 위에 하얀 모란꽃이 펴서 유래되었다고 하는데 이 유래가 맞나? 주차장부터 절까지 걸어오는데 보이는 풍경이 그리 멋진 것 같지 않다. 여러 편의시설이 없다면 쉽게 올라오지 못했을 거란 생각을 하면서 오를 때 해는 이미 중천을 한참 넘어섰다. 마음이 급해 서둘러 걷는데 난데없이 철제 계단이 나타난다. 이런 편리함이 주변을 고려했으면 좋으리라 생각하며 좀 더 오르는데 먼 시야에 절인 듯 건물 하나가 아른거린다. 그래서 만난 우화루(雨花樓). '꽃이 비처럼 내리는 누각'이라고 해야 할까? 얼핏 보면 무슨 성문(보물 제662호) 위의 누각 같기도 하다.

우화루를 정면에서 보면 첫 느낌만으로도 범상치 않아 보인다. 이게 절의 산문인가? 그런데 절은 어디로 들어가지? 밑에서 걸어 올라오면서 산문을 거치지 않았으니 이것이 산문처럼 보인다. 처음 손님을 맞이하는 누각치고는 특이하다. 우화루, 뭐 누각이라고 하니 누각이겠지만 누각 밑이 막혀있어 누각이라고 부르기 쉽지 않다. 아래로 지나갈 수 없는 누각이라. 축대로 막혀있고 앞부분만 기둥으로 해 놨다. 이 느낌을 뭐라고 표현할지 막연하다. 많은 절을 다니지 않았지만 이런 구조는 생소하다. 산문도 아니면 목적이 뭘까? 안으로 들어가는 방법은 우화루 왼편 문을 거쳐서 들어가는데 이 문은 독립되어 있지 않다. 문간채의 일부분인 듯하다(위 지도 참조). 이 문만 보면 한옥 대문 같은데, 결과적으로 문간채를 거쳐야 극락전을 볼 수 있는 구조다. 문간채 오른쪽은 방으로 쓰이는 듯하다.

문간채를 넘자마자 우화루와 적묵당(寂默堂)이 서로 지붕을 맞댄 사이를 지나게 되는데 바로 절 안마당이 나온다. 뭔가 익숙하다고 생각해보니 그냥 한옥 안마당 같다. 절 마당이 작아 소박해서 드는 느낌일 텐데 이게 화암사가 가진 매력이다. 우화루 맞은편 북쪽으로 극락전(極樂殿)이 적묵당

반대편에는 불명당(佛明堂)이 자리 잡고 있다. 절 마당이 정사각형에 가깝다. 전체 대지가 800평이라는데 어디 찔러볼 틈이 없이 알차다. 갑자기 북촌에 있는 대지가 1,400평인 윤보선 가옥이 떠오른다. 이보다 큰 한옥이 적지 않을 것 같은데 그래도 전체 구도가 상당히 안정적이다. 이곳 지형으로만 보면 대사찰 자리는 아닌 것 같다. 절이 규모로 위세를 떨치는 게 바람직하지 않지만, 절을 규모로 파악해서는 안 되지만, 우린 보다 큰 절과 큰 성당 가면 더 많은 자비와 은총, 사랑을 받는다고 생각하는 것은 아닌지. 사랑과 은총, 자비는 베푸는 건데. 그나저나 이 절은 언제 지어졌지?

설이 여러 가지다. 「화암사중창비문」에 원효대사와 의상대사 얘기도 나오

고, 1425년(세종 7)에 중창했다는 말도 있다. 극락전은 정유재란(1597)에 불탄 것을 1605년(선조 38)에 재건하고 크고 작은 보수가 진행된 것이라는데 이 설이 가장 정확하단다. 어쨌거나 오래된 '늙은 절'임에는 틀림없다. 워낙 사찰에 대한 지식이 일천하지만, 국보라는 선입견 때문인지 같은 국보인 무위사 극락보전(국보 제13호)이 생각난다. 아마도 이는 두 건물 모두 정면 3칸 측면 3칸이고 지붕도 옆에서 보면 사람인(人) 자 모양을 한 맞배지붕이라서 그런 것 같다. 더 사찰 건축에 대한 설명은 무리다. 아는 체는 여기까지. 때론 침묵이 금이니까. 화암사 극락전은 무위사 극락보전보다 전체적으로 더 단아하다. 더 사람을 끄는 매력이 있다. 정갈

함과 소탈함의 차이라고 할까. 극락보전이 정갈하다면 극락전은 소탈하다. 이렇게 작은 절에 국보까지 있다는 게 신기하다. 국보를 정하는 기준을

모르지만, 굳이 생각해보면 국내 유일한, 가장 오래된 등등의 말이 붙으면 보물에서 국보가 되는 자격이 아닐는지. 이런 생각을 한 배경엔 극락전이 국내에서 '유일'하게 남은 하앙식 양식이란 말 때문이다. 절을 찾아다니면서 조금씩 사찰에 대한 건축 지식이 늘지만, 하앙(下昻)식이란 말은 금시초문이다. 초기에는 중국에서 시작된 목조 건축양식이라는데 지금은 사라지고, 일본에서는 나라(奈良) 시대에서 시작되어 후대까지 이어졌다고 한다. 그렇다면 백제 시대에 나타난 건축물이었을까? 지금은 아니지만 그럼 도대체 하앙이 뭘까? 아래 사진을 보면 용머리 모양으로 돌출되어 나온 부분이 하앙이라는 것이다. 처마 밑으로 툭 나온 부분으로 땅과 평행이 아니라 지붕, 처마와 같은 방향으로 나와서 지붕의 지지 면적을 넓혀주는 지지대 역할을 한다고 한다. 극락전 앞에서는 용머리 형태고 극락전 뒤에서 보면 용의 꼬리 형태로 되어 있다. 용머리 밑은 구름 모양이라는데 그렇다 치고 그보다는 하앙과 하앙 사이 널판자에 그려져 있는 그림이 눈에 들어온다. 이런 모양의 절간 처마를 본 적이 없다. 그래서 국보가 된 것일까? 이 부분의 색감이 아주 흐리다. 불화들에 대한 설명이 없어서 아쉽다.

다음 일정이 있어 발길을 돌리는데, 영 마음이 편치 않다. 뭐가 급해서 이렇게 서둘러야 할까, 하던 차에 극락전 편액 글씨가 좀 이상했다. 글씨가 각각이다. 그냥 통으로 된 편액이 아니다. 그러고 보니 올라올 때 처음으로 마주친 우화루가 생각난다. 우화루 건물에 우화루란 편액이 걸리지 않았었다. 안쪽에 우화루란 편액이 있고 바깥쪽에는 불명사화암사라는 현판이었다. 이는 이 절이 화암사임을 우화루에 표시할 수밖에 없는 구조 때문인 거야 이해하는데 글자들이 주는 분위기가 보통이 아니다. 건물도 고색창연하지만, 편액 글자들도 이에 못지않다. 각 건물에 걸려있는 이름들이 없었다면 아마 화암사의 분위기는 반감되었을 것 같다. 이래서 시인 안도현이 잘 늙었다고 하는 것은 아닌지. 이 사찰 전체가 주는 이미지 말이다. 늙은 것이 추한 것이 아니지만 늙음을 기꺼이 담담하게 받아들이고 싶다. 그래서 "화암사 내 사랑"한 것일까? 자꾸 뒤돌아보는 마음을 다잡으려 이제 '화암사 나도 사랑'이다.

※ 참고 - 화암사 배치도

19. 대둔산, 철 지나 올리다니

몇 번을 망설였다. 하하, 누가 들으면 대단한 결정하려는 줄 알겠다. 대둔산을 갈까 말까 생각했다는 건데, 산에 가는 게 뭐 대단하다고. 좋으면 가면 되고, 시간 되면 가면 되고, 시간 내서 가면 되는걸. 그래서 가게 된산. 망설인 이유 중 하나는 예전에 논산 쪽으로 이 산을 가봤기 때문이다. 그곳에 태고사란 신라 시대 사찰이 있었던 것으로 기억하는데 그쪽 산행은 별로였던 것으로 기억한다. 그런데 마음이 동한 이유는 월간 산에 실린 기사 때문이었다. 누가 이산에 갔다 와서 글을 썼는데 대둔산 단풍은 끝났으니 내년에 가라는 글이었다. 단풍의 절정이 자기가 방문한 주라서 다음 주에 가면 늦으니 내년에 가란 말인데 산에 가는 이유가 단풍 때문이던가. 단풍이 아니라도 대둔산 산세는 유명하지 않던가. 이래저래 궁금하기도 했다.

이 늦은 가을에 만추에 뭐라 불리던 산에 가면 좋지 않던가. 산이 거기 있는데 내가 가야지. 산이 오던가. 그런데 정작 궁금했던 것은 철 지난 단풍이 아니었다. 비록 단풍이 능선에서 바닥으로 기어 내려와 갈 곳을 못 찾고 헤매고 있었지만, 어디서 건 가을이야 나뭇잎 다 떨어져도 나름대로 운치가 있으니 잘 왔다 싶었다. 그런데 도립공원? 산에 오르고 내리면서 이 산이 국립공원이 아닌 이유가 더 궁금해졌다. 공주에서 금산 쪽으로 오면서 전북 완주군 운주면과 마주하는 곳에 들어서자마자 시작된 질문이었다. 언제가 국립공원이 되는 조건을 알았던 것 같은데 기억에 없다. 착각했을까? 언덕을 넘으면 완주인지도 모르고 그냥 휴게소가 보이기에 화장실이나 가야겠다고 차를 세웠다.

그래서 이곳 배티 고개(이치)에서 마주친 장관이란. 충청도에서 과거에 봤던 그리고 예상했던 대둔산이랑 완전히 딴판이었다. 이치 전적비라? 이치 전적지(梨峙戰蹟地)엔 이런 기념물이 몇 개 있는데 이치 전적비가 눈에 더

띈다. 암튼 이곳에서 권율 장군이 이치 고개에서 전주로 향하던 왜군을 대파하고 호남지역을 구했다고 한다. 뭐 대둔산하고 직접 연관된 내용은 아니지만, 이 지역이 다르게 보이게 만든다. 이렇게 역사유적과 풍광이 다음에 다시 오고 싶다는 충분한 이유가 된다. 멋진 풍광만으로도 필요조건이 되는데 이러면 필요충분조건이 되고도 남지⋯⋯. 다시 산 얘기를 하자면 우리나라 대부분의 명산에 금강산이니 소금강이니 이런 명칭이 붙기에 뭐 그런가 보다 했는데 그런 게 아니었다. 나름대로 이유가 분명했다. 이곳에서 김제의 만경평야가 얼마나 더 가야 하는지 모르지만, 이곳 운주나 금산 지역에서 불쑥 산이 솟아올랐다는 말은 과장이 아니었다. 와본 만큼 느낌이 남달랐다. 역시 가봐야 한다. 코로나로 랜선 여행이라지만 그 맛과 멋이 얼마나 따라갈까!

대둔산에서 가장 높다는 마천대(879.1m)에는 첨탑이 있는데 이 탑이 아리송하다. 스테인리스 스틸로 만든 것 같은데 그래서 번쩍거린다. 이걸 풍경과 어울리지 않는 것 같아 생뚱맞다고 해야 할지 주변 풍경과의 조화를 넘어서서 포스트모던이라고 해야 할지. 전문가가 만들었으니 고려했을 텐데 나만 그런 생각을 하는 것일까? 이게 멋있나? 뭐 내 눈에 그렇다는 것인데 정작 아쉬운 것은 단풍을 보지 못한 것 때문이 아니라 날씨 때문이다. 날씨가 영 아니다. 일기예보 상 흐릴 것이라는 것은 미리 알기는 알았는데 미세먼지까지 드리워진 것은 아닌지.

이번 산행도 아쉬움이 가득 남는다. 가을의 절정을 확인하지도 못했고 조금 으스스 한 날씨도 그렇고 산행도 시간에 쫓겨 후다닥 오르고 서둘러

내려왔으니. 그나저나 무릎이 괜찮을까? 그런데 정작 이번 산행의 하이라이트는 산이 아닌 듯하다. 몇 년 만에 마천대 정상 부근 인근에서 후배를 만난 것이다. 바람을 피해 가며 앉아 점심을 허겁지겁 먹었지만 배부르니 자연스레 망중한을 즐기다 이제 내려가려는 참이었다. 오늘 이렇게 급하게 일정을 소화한 것은 대둔산 산행도 산행이지만 이곳 완주 인근 되재성당, 천호성지, 화암사 등도 같이 둘러보는 것이 이번 여행의 목적이었기 때문이다. 시간이 부족한 듯 느낌에 부지런히 걷는데 어디서 들려오는 반가운 목소리. 형~ 몇 년 만이던가! 어찌 이런 곳에서 그것도 몇 년 만에 후배를 보다니. 잠시 마스크를 벗었었는데 그새 알아본 것이다. 결국 이 산이 명산임이 입증된 것이다. 이 산이 명산이니 그래서 전국에서 다들 왔기에 그중에 후배도 있었다. 아마 사는 곳이 용인이었을 텐데 산이 인연까지 이어지게 하더니. 아, 그렇지. 산에 사람이 없으면 어찌 산이던가. 사람이 그래서 꽃보다 산보다 아름다운 것인지 모른다. 사람 없는 산이라 그런데 사람이 정말 꽃보다 아름답다고?

사람이 꽃보다 아름다워/정지원

강물 같은 노래를 품고 사는 사람은
알게 되지 음 알게 되지
어두웠던 산들이 저녁이 되면

왜 강으로 스미어 꿈을 꾸다 밤이 깊을수록 말없이 서로를 쓰다듬으며
부둥켜안은 채 느긋하게 정들어 가는지를
지독한 외로움에 쩔쩔매본 사람은
알게 되지 음 알게 되지
아픔에 굴하지 않고 비켜서지 않으며
어느샌가 반짝이는 꽃씨를 심고 우렁우렁 잎들을 키우는 사랑이야말로
짙푸른 숲이 되고 산이 되어 메아리로 남는다는 것을

누가 뭐래도 사람이 꽃보다 아름다워
이 모든 외로움 이겨낸 바로 그 사람
누가 뭐래도 사람이 꽃보다 아름다워
노래의 온기를 품고 사는 바로 그대 바로 당신 바로 우리 우리들.

20. 공주산성, 새해 첫날 첫눈을 맞으며

아우, 몇 번 와본 공주 산성이 오늘은 하얀 눈꽃으로 치장했다. 눈 오는 날 산성이라. 어느 산성이건 눈 오는 날 산성은 처음인 것 같다. 그런데 서설(瑞雪)이라니. 온통 눈꽃 세상 축복으로 가득한 것 같다. 딱히 성 전체를 돌아볼 마음이 있었던 것은 아니건만 자연스레 성 둘레를 한 바퀴 둘러봤다. 역시, 계획 없이 둘러보는데 그 풍경이 예사롭지 않으니 당연히 만족도가 높지 않던가.

산성 입구부터 사람들이 조심조심 걷는다. 비탈길이 미끄럽기 때문인데 몇 번 미끄러져서 넘어질 뻔했지만 넘어지지 않아 다행이다. 필시 딴생각 했으리라. 확실한 것은 신발 때문일 텐데 밑바닥이 고무가 아닌가 보다. 넘어지면 어떠랴, 빨리 일어서면 되지. 창피하니까! 그나저나 사람들이 많다. 새해 첫날 첫눈에 다들 기분이 좋아 보인다. 성문 안쪽에는 아이들이 미끄럼을 타고, 깔깔대는 소리. 갑자기 동심으로 돌아간 것 같다. 동심! 그렇지 눈이 오면 좋은 게 바로 이런 마음일 것이다. 일부 사람들은 눈 치우는 게 귀찮다고 하겠지만. 올겨울엔 예년에 비해서 눈이 많이 온다고 하는데.

몇 번 와본 성곽길 풍광이 완전히 다르다. 멀리 공주 신시가지가 눈에 들어오지 않는다. 성곽길을 넘어질까 봐 조심조심 걸어야 하는 게 주요 이유겠지만 성안 풍경만으로도 이미 충분하다. 걷다 보니 공사 중인 곳도 있다. 비가 많이 와서 무너졌나? 동쪽 부근 성곽이 공사 중이다. 공사 중인 장소를 피하느라 평상시 올라가 보지 않던 누각을 올라가 보고. 공주산성을 돌아볼 때마다 성이 생각보다 작아서, 당연히 남한산성보다 작은 거야 당연하지만, 뭐 작으면 어떠랴. 오늘 하루 정말 포근하다. 남한산성이 대중에게 각인된 것이 소설가 김훈(2007, 학고재)의 공도 컸겠지만, 역사적 아픔이 서려 있는 것이 한몫을 하듯이 공주산성도 뭐 그에 못지않다. 밀리고 밀려 내려가는 백제의 사정이란. 공주 산성은 아주 오랜 백제시대 토성을 기반으로 해서 그런지 남한산성과는 다른 느낌이 들게 한다. 남한산성보다 덜 애틋함이 느껴지기도 하는데 그래서 유적지는 스토리텔링이 중요한 것 같다. 이제 위정자들에 대한 기대와 희망을 품는 나이는 아니라서 그런 것이겠지만, 아니면 역사가 기록하지 않는 혹은 나 또한 역사에 기록되지 않는 사람들이라는 인식 때문인지, 지배층 중심의 역사기록이 이제는 별 감흥을 주지 않는다.

그나저나 성 주변에 심겨 있는 나무 이름이 뭐더라? 식생에 대한 지식이 부족해 아쉽지만 아마 느티나무인 것 같은데 오늘은 이 나무에 더 눈길이 간다. 이 아름드리나무 옆으로 금강이 흐르고 눈이 휘날리는 모습이 처연하게도 느껴진다. 눈 탓인가, 마음 탓인가. 그나저나 나무 옆 멀리 누각이 작아 보이지만 멋있다. 오늘 같은 날은 그저 사진이 된다. 그런데 이래도 저래도 프레임 안의 세상이지만 오늘 사진들이 역설적으로 프레임에 갇힌 것 같지 않다. 프레임을 벗어나 자기 가치를 마구 뿜어낸다. 오히려 카메라의 프레임이 하나의 구성요소가 되어 눈발 날리는 산성과 이뤄내는 조화가 더 풍요롭다. 원더풀!

산성을 한 바퀴 돌아 올라온 정문으로 내려갈 즘 사람들 시선이 갑자기 한곳으로 모인다. 누가 넘어졌다. 비탈길을 조심조심 내려가면서도 잠시 딴 생각 하면 사달이 난다. 그렇지. 우리네 인생도 삐끗하려고 사는 게 아닌데 다들 삐끗삐끗 하면서 산다. 일부러 의도하는 사람이 있을까? 그렇지만 올해는 내가 받은 많은 사람의 축복처럼 올 한해 좋은 일만 즐거운 일만 생기라는 바람이 결코 헛된 바람이 아닐 것이라 강건하게 믿으련다. 믿는 자에게 복이 오더이다.

이제는 어디든 갈 때 잠시 한눈을 팔지 않고 꿋꿋이 가련다. 어디든!!

21. 익선동, 살다 보니 살아진 동네.

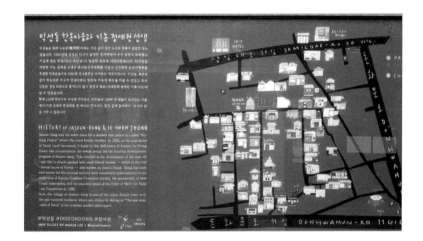

달랐다.

지리적으로 다르면 그곳에 사는 사람들의 문화와 생활이 다른 거야 당연할 텐데 아주 달랐다. 북촌, 서촌과 비교해서 말이다. 북촌이 아주 세련된 대가 집들이 즐비하다면, 서촌은 북촌보다 서민 친화적이기도 하지만 경복궁 주변의 미술관과 재래시장이 함께 어울린 아우라가 독특했다. 그런데 익선동(益善洞)은 아니다. 엄밀히 얘기해서 익선동은 한옥 그 자체 그리고 한옥마을이 주는 정취보다 한옥 건물을 주축으로 한 올망졸망한 골목골목이 주는 인상이 더 강렬했다. 그 골목에 이런저런 가계들이 마치 숨어 있듯이 보인다. 차는커녕 여러 명이 일렬로 지나기에도 비좁은 골목길이 비

좁다는 느낌이 전혀 없는 것은 어디서 이런 골목길을 볼까 하는 낯섦과 호기심 때문인 듯하다. 여기도 당연히 사람들이 사는 동네일 텐데 대도시 한복판이란 장점도 있겠지만 다들 대중교통만 이용하고 살까 하는 호기심이 발동한다. 사람 사는 집들이 붙어 있는데 그 집에 차가 없을까?

이런 짧은 탐방이 갖는 한계가 실제로 그 동네에 살아보지 않고 겉핥기식이란 단점이야 부정할 수 없지만 확실한 것은 한옥 그 자체보다 한옥을 변조해서 카페건 빵집이건 음식집이건 변화시킨 그 동력과 결과가 어디서 온 것인지 그게 더 궁금해진다. 도시가 만들어진 지 오래되면 다시 재개발하는 것이 당연한 수순이지만 이곳도 어디선가 도시재생의 결과물이라는 구절을 읽은 것 같다. 그런데 도시를 재생하는 과정에서 필연적으로 나타나기 쉬운 젠트리피케이션이 이곳을 피해 갔나? 이곳은 어떻지? 아쉬운 것은 그 원래의 '원래 모습'을 모르니, 익선동이 뜨게 된 배경의 하나가 뉴트로의 열풍이라는데 이곳이 어느 정도인지 가늠이 되질 않는다. 그래서인지 한옥들이 실제 모습을 감추고 멋지게 변장한 것처럼 보이기도 한다. 가면을 쓴 것인가? 가면을 써도 전체 얼굴을 가리지는 않는 가면이기에 윤곽을 파악할 수 있도록 의도한 것 같다. 변장하건 가면을 쓰건 속살을 보이도록 계획한 가면 말이다. 짧은 방문이지만 아주 흡족했다.

골목별로 느껴지는 결이 다르다. 간판들 때문인지도 모르지만. 골목골목엔 그 골목에 사는 사람들보다 외지에서 온 듯한 당연히 유명해졌으니 외지인이 많겠지만 다양한 연령대의 사람들이 보였다. 이런 특징을 가지게 된 배경은 익선동이 낙원동과 인접해 있고 1호선과 5호선 지하철역인 종로 3가 역세권이란 특징이 한몫하는 것으로 생각된다. 여기저기 들어선 가게들이 개별 한옥들의 크기가 그리 크지 않아서 그런지 내부 인테리어를 잘했어도 규모가 큰 가게들을 발견하기 어렵다. 아무리 더 좋은 표현을 생각해 봐도 이곳에 자리 잡은 가게들에 대해서 '아기자기' 그 이상 표현하기가 어렵다. 평일 점심때라는 점을 생각하면 가게마다 그리 손님이 많아 보이지는 않는다. 테이블 1회전이나 채울까 할 정도로 보이는 가게도 있는데 지나는 과객이 어찌 속 깊은 사정을 알까. 표현을 달리하면 좁은 골목 가게마다 적당하게 사람들이 들어차 있다는 것이 더 정확한 표현 같기도 한데 욕심을 부리지 않는 가게들일 것이라는 엉뚱한 상상도 해본다. 그냥 주어진 대로 받아들이는 가게. 생각만 해도 마음이 풍요로워진다. 가게 주인들이야 속이 타겠지만.

그래서 욕심 없는 가게라는 말이 뭔가 모순된 것 같기도 한다. 뭐 오지 않는 손님으로 차지 않는 가게의 공간을 달리 어쩌란 말인가. 그렇지. 공간 혹은 여백. 그림에서야 여백이 특히 동양화의 여백이 아닌 그 이상이지만 식당은 그래도 북적거리는 게 제맛인가? 이는 업종별로 다를 듯하다. 다음에 시간적인 여유가 있으면 다정하게 사랑하는 친구들과 함께 담소를 나눠보는 것도 좋겠다. 잘못 본 것인지 의외로 디저트 가게가 많다. 아름답게 꾸민 소품 같은 골목길과 가게들이 어울려 품어내는 향기를 느끼러 다시 와야지. 시간을 기꺼이 내서 말이다.

필시 뇌의 한계 때문인지, 세상 돌아가는 소식을 늦게 접하기 때문인지 북촌과 서촌만 알다가 이제야 익선동을 알게 돼서 익선동이 나중에 개발된 곳으로 착각하게 된다. 그런데 인터넷으로 뒤져보니 이곳 익선동이 앞의 두 동네보다 이른 1930년대에 지어졌다. 뭐 서울에서 가장 오래된 한옥 집단이라는 특성 말이다. 오늘에서야 뜬금없이 서울이 정말 넓고도 넓은 것 같다는 생각이 드는데 이런 내가 정말 생뚱맞다. 이곳 익선동은 주변에 운니동, 돈의동, 낙원동, 와룡동, 묘 동 등 어디서 한 번은 들어본 동네 이름들이 이어져 있는데 큰길로는 삼일 대로 가 있지만 역시 지하철 종로3가역 주변이라고 하면 비로소 지리적인 위치가 가늠된다. 더 쉽게 위치를 설명하는 방법은 파고다 공원과 낙원상가 뒤편이라고 하면 빠르게 이해된다.

그렇구나. 탑골공원과 낙원상가. 낙원 상가하면 다양한 악기를 파는 곳 아니던가. 그런데 악기만이 아니라 아귀찜으로 유명한 곳이다. 음악을 다루

는 악기와 아귀찜이라니. 뭔가 딱히 서로 시너지 효과를 보는 것 같지는 않은데, 이런 이질적인 면이 이곳의 특징이기도 하다. 이는 아마 탑골공원까지 생각해 보면 이해가 된다. 파고다 공원 언저리는 주머니가 가벼운 어르신들이 많으셔서 그런지 해장국집이나 순댓국집들이 많다. 그리고 음식도 싸고 맛있다. 아마 이런 측면에서 아귀찜 골목이 만들어진 것은 아닐는지. 이런 이질적인 요소들이 조화롭지 않은 듯 조화롭게 되어 이곳을 특징짓게 한다. 익선동에서는 다른 동네로 다양하게 나갈 수 있는데 종로통으로 걸어 나오다 보면 다양한 음식점들이 눈에 띄는데 이곳 거리가 송해 씨 거리란다. 거의 인간문화재급인 송해 씨 말이다.

이곳에 대해 사전 준비가 부족했기 때문이지만 계속되는 궁금증은 사무실에서 농땡이 치며 찾아낸 검색으로 어느 정도 해결하였다. 얼핏얼핏 들었던 도시재생, 뉴트로(newtro), 핫플레이스 이런 단어들이 머릿속에서 조금씩 자리를 찾아가기 시작했다. 시작은 아픈 역사에 있었다. 일제강점기인

1920년대 일본인들이 주로 거주하던 곳이 청계천 이남 지역인데 이곳에 있던 일본인들이 종로 쪽으로 주거지를 확장하기 시작했다고 한다. 당시 도시개발업자였던, 오늘로 말하면 디벨로퍼(developer)였던, 그런데 도시 개발이란 단어가 당시의 상황을 설명하는 데 쓰이다니, 과거를 설명하는데 도 쓰일 수 있는 단어란 게 신기했다. 아무튼 부동산개발업자였던 정세권 이 이 일대 토지를 사들여 대규모 한옥 단지를 만든 것이 이곳의 시발점 이라고 한다. 당시 생활에 적합하게 도시 한옥 단지를 개발 저렴한 가격 으로 판매를 해서 종로 지역을 일본인으로부터 지키고자 했다는데. 그랬을 까? 디벨로퍼로서의 야망이 없고 오로지 일본인들의 종로통 진출을 막고 자 하는 열망 때문인지는 그 사람만이 알 수 있는 일이고. 그렇게 믿는 게 좋지 않을까!

걸으면 서로 어깨가 맞닿을 정도의 좁은 골목으로 만들어진 것도 한정된 공간에 더 많은 한옥을 집어넣기 위해서라 하는데, 이런 아픔(?)을 가지고

이해한다면 익선동도 종로 일대에 들어서는 현대화라는 변화의 물결을 별다른 변화 없이 묵묵히 받아내면서 자리를 지킨 것으로 생각하니 마음이 짠해진다. 그런데 알다시피 주거공간이란 것이 결코 세월이 약이 될 수 없는 게 점차로 낡고 살기 점차로 불편해지기 시작하는 것이 아주 당연한 일이다. 그래서 낡고 오래된 도시 한옥이 변하는 주거문화와 맞지 않았던 거야 자명한 사실이고, 이로 인해 살기 힘들어진 주민들도 다른 지역 주민들처럼 재개발을 추진했다고 한다. 2004년 도시환경 정비구역으로 지정되어 재개발이 추진되었지만, 중간에 포기된 것은 좋게 말해서 한옥의 가치를 세상이 받아들인 것이지만 다른 어떤 상황이 따로 있었을 것으로 짐작된다. 아무튼 결과적으로 2014년 재개발을 포기한 것이 오늘의 익선동을 있게 한 절대적인 계기가 된 것은 분명하다.

개별 인생사가 아이러니한 것처럼 익선동의 입장에서는 재개발 철회가 오히려 기회가 된 것으로 결론지을 수 있다. 서울이 급격하게 변하는 과정

에서 도시 한복판에 군집을 이룬 한옥마을의 가치가 뉴트로 문화와 맞물리면서 드러난 것인데 정감 어린 골목과 한옥을 경험하지 않은 젊은 세대들에게 받아들여지게 된 것이 결정적이다. 사실, 이곳을 찍은 하늘에서의 사진을 보면 이곳의 위치가 정말 독특하게 느껴진다. 도시 속의 섬 같은 곳이 젊은이들 중심으로 핫플레이스가 되어 멋진 도시의 공간을 만들어낸다는 게 그 배경은 결국 인간이라고 할 수 있다. 새로운 것과 더 나은 것을 추구하면서도 과거를 잊지 않고 더 향상해 토해내는 인간 말이다. 아니 결국 익선동도 인간이 만들어낸 결과물이라고 할 수 있다. 앞에서 품었던 의문이 조금이나마 풀린 것 같다.

다시 익선동으로 돌아가면 1930년대 시작된 이곳 동네가 결정적인 전기를 맞게 된 것은 2015년 한옥 보존지구로 지정되었기 때문이다. 이로 인해 건축물 높이를 제한하고 체인점의 입점까지 엄격하게 제한을 했다는데 그중에서 특히 지구단위 계획을 만들 때 보행 중심으로 했기 때문에 오늘의 올망졸망, 아기자기한 명품 골목이 탄생한 것이다. 덧붙이자면 조선왕

조의 멸망도 익선동 일대 창덕궁 주변 마을 문화를 형성한 이유 중의 하나라니, 역사가 주는 변주가 그저 신기하다. 익선동의 탄생이 시대의 아픔을 전제로 하지만 시간은 그 아픔도 승화시키는 것 같은데 이는 아마 망각이라고 표현해도 달라지지 않는다. 초기 이곳에는 왕조가 망한 후 창덕궁에서 나온 많은 중인이나 궁인들이 삶의 주거지로 자리 잡은 것도 한몫했다고 한다. 이들이 중심이 되어 한복을 만들어 팔고 떡 등을 만들어 생계를 유지했다는데 뉴트로가 과거로의 단순한 회귀가 아니듯이 사람 향내 나는 이곳의 장점이 적어도 이곳에서만큼은 지속하였으면 한다. 앞으로 쭉.

22. 사직단, 살아있는 권력이 더 무서운 거지

돈, 권력, 명예.

누구든 취하고 싶어 하는 세 가지. 시대에 따라 가치관이 다를 뿐 시간을 초월해 모두 꿈꾸는 것이리라. 요즘에야 돈이 많은 부자가 되기를 꿈꾸는 자본주의 시대지만, 그래서 돈이 많으면 명예도 따라오지만, 권력 특히 국가권력은 여전히 쉽지 않은 예민한 문제이다. 이게 쉽고 영원하다면 화무십일홍 권불십년(花無十日紅權不十年)이란 말도 없었을 것이다. 내가 남에게 행사하는 권력이 많으면 그만큼 누군가 그 권한이 약하다는 것인데 그게 쉽겠는가. 근대로 들어오면서 절대왕정이 붕괴한 시대상이야 새삼 말해서 뭐 하겠는가. 권력은 분점 되지만 권력 욕구가 나눠질까? 생각하다 보니 옛날에는 권력 유지가 더 쉬웠을 수 있겠다는 엉뚱한 생각을 하게 된 것은 사직단에 오면서였다. 그러다 보니 생각난 단어. 이데올로기적 국가 기구(Ideological Status Apparatus). 아 정말 오랜만에 들어보는 단어 다. 종교, 종교적 행위를 이데올로기적 기구의 하나라고 칭하면 이해가 쉬 워지는데 요즘 이런 논의라도 하던가. 시대가 많이 변했는데 인간의 권력 욕구만큼은 줄어든 것 같지 않다. 통치행위가 달라졌을 뿐.

과거에는 국가권력을 쥐면 명예와 돈이 따라왔던 것 같은데 그런 국가권 력도 그를 행사하기 위해서는 명분이 필요했을 것이다. 권력을 쥐기 위해 서는 적어도 먹고사는 문제를 해결해야 더 권력을 유지할 수 있으니까. 요즘에야 민주주의 시대이기에 위임권력이지만 옛날에 절대 권력을 쥐고 유지하려면 적어도 피통치자들을 배부르게 해서 불만이 쌓이지 않게 해야 하는데 더불어 민생을 돌본다고 폼 잡기 위해 얼마나 신께 형식적이고 제 도적으로 빌었을까. 일부 행위가 진심이기도 했겠지만 그런 행위를 통해 자기들 권좌를 더 튼튼하게 유지하려고 당연히 활용했었겠지. 옛날에 말이다. 지금도 그렇겠지? 암튼, 그래서 필요한 게 토지신인 국사신(國社神)과 곡물신인 국직신(國稷神)이다. 신들을 필요로 하고 이들을 소환했으니 더 공고히 하기 위해 절차와 형식이 필연적이다. 그래서 소환된 신들에게 제사를 지내기 위해 쌓은 단이 사직단. 예전에 사직공원이란 단어만 알았다. 그러다 사직단이란 단어를 최근에서 알게 되었다. 우리 것을 몰라도 이리 모를까만 그래도 살아진다.

사직단이 일종의 통치행위로 만든 것이기는 했지만, 사직이 종묘보다 앞서기는 어려웠을 것이다. 이때 종묘라? 바로 종로에 있는 종묘 말이다. 조선시대를 배경으로 한 드라마 보면 '아니 되옵니다' 말고 '종묘사직'이란 말을 한 번 이상 들어봤을 터. 이 단어는 특히 어렵게 다가왔었다. 왜 어려웠을까? 단순히 단어 뜻 때문이 아니다. 그 이유인즉 종묘는 살아있는 국가권력과 관계되기 때문이다. 그것도 조선왕조 시대라면. 태조가 조선을 건국한 후 수도를 한양에 정하면서 당시 통치원리인 유교에 기반을 둔 종묘사직을 중요시한 것은 너무나 당연했겠지. 그래서 왕이 머무는 궁궐을 중심으로 동쪽에는 종묘(宗廟)와 서쪽에는 사직단을 설치토록 했는데 이때 궁궐을 경복궁이 아니라 경희궁, 창덕궁, 창경궁 등을 대입해도 이 지리적 틀을 벗어나지 않는다. 이때 아주 오래전부터 내려오던 자연신인 토지신과 곡물신에 대한 습관이 고구려, 신라 시대를 거쳐 고려 시대에 구체적으로 제도화되고 이를 계승한 것이 조선 시대이다. 그래서 구체적으로 만들어진 것이 사직단이고.

이리저리 검색한 내용을 줄여보니 다음과 같다. 국가의 제사를 대사-중사-소사로 구분했는데 여기서 대사(大祀)는 사직-종묘-영녕의 순이다. 순서상 사직이 먼저인데 이 제사를 왕이 직접 주관하지 않았고 종묘는 왕이 초헌관을 맡는 규정으로 인해 종묘가 더 중시되었다. 이는 어쩌면 아주 당연했다. 국가가 점차 체계적으로 정비되면서 통치행위를 위한 수단들도

고도화되었을 텐데 이의 결과물이 왕이 초헌관, 종묘 제향 때 첫 번째 잔을 올리는 제관이 되어야 한다는 것이다. 그래서 '종묘(宗廟)'가 역대 국왕과 왕비의 신주를 봉안하고 제사를 지내는 사당이니 사직보다 더 중요했을 것이다. 그래서 종묘사직인가? 사직 종묘가 아니고? 살아있는 권력과 직접 연결이 되었으니 옛날에야 천둥과 번개만 쳐도 하늘의 뜻이라고 했을 텐데 직접적 제식 행위를 통해 사회적 통합도 이루려고 했을 것이다.

여기서 잠깐 혼백이란 단어를 살펴보자. 지금도 그렇지만 당시 죽음에 해서 어떻게 생각했는지는 혼백(魂魄)이란 단어를 보면 이해가 쉽다. 사람이 죽으면 혼은 하늘로 돌아가고 백은 사후에도 몸속에 있다가 땅으로 돌아가는데, 혼은 신주에 의지하여 사당에 모셔지고 백은 능이나 묘에 모셨다고 한다. 그래서 사당이 필요한 것이다. 돌아가신 영혼과 조상을 위해 그런데 그 조상이 왕족이라면. 그래서 종묘가 더 크고 종묘제례가 훨씬 더 성대하게 진행되었을 것이다. 그러면 사직단에서 올리던 제례는? 어떻게 된 것이지? 그랬다. 우리가 스스로 없애 것이 아니다. 일제에 의해 폐지된 것인데 이를 폐지한 일제도 결국 통치행위로 이를 폐지한 것이다. 아이러 니하다. 그렇지만 사직단의 제사 '주체'를 인정할 수 없으니 너무나 당연 했을 터. 결국 1908년 일제에 의해 강제로 폐지되고 이곳에 1922년 공원 이 조성되었다고 한다. 아, 그래서 사직공원으로 알고 있었던 거군.

실제로 혼백을 믿건 말건 사직단에서의 제사를 통해 지배계급이 이를 어 떻게 활용했는지는 지금 드는 생각이지만 이젠 이런 행위가 받아들여지는 시기가 아닌 게 여간 다행이다. 권력은 총부리나 억압적 국가기구에서만 나오는 게 아니라는 것을 다시금 되새긴 것만으로도 사직단을 향한 발걸 음에 대한 보상은 충분하다. 그런데 아쉬운 것은 종묘제례처럼 이곳에서도 제사를 지내면서 국가의 안녕을 빌었으면 어땠을까? 믿지 않아도 우리가 만들어내는 유산으로써 말이다. 종묘에서 제사 드리는 것보다 사직단에서 제사를 지내는 게 국민에게 더 직접적으로 다가오지 않을까? 전통의 복원이란 의미에서도 의미가 있을 것 같다. 요즘은 과거가 단순히 과거로 머물지 않는 뉴트로 시대이니 말이다. 때론 사직이나 종묘나 결국 과거 권력자들, 그들만의 제례였지만 뭐 어떠랴. 오가다 들르는 나 같은 사람도 그 일대가 사직공원으로 불리는 것보다 사직단으로 불리는 게 더 좋게 느껴지는데, 비록 지금은 도심 한편 생뚱맞은 모습이라도 없는 것보다 백배 낫다. 아무튼, 지금 사직단이 복원 중이라고 하니 어떻게 복원될지 궁금해진다. 이곳에서 토지신과 곡물신에 대해 제사까지 진행하면 정말 뉴트로가 되겠지. 이럴 때 쓰이는 세금이라면 제대로 쓰이는 것 같아 아깝지 않다.

※ 참고 - 사직단 평면도(복원 후 예정)

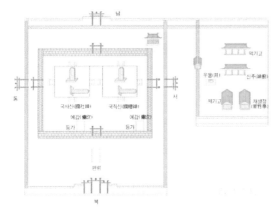

23. 경희궁, 광해군이 거기서 왜 나와

"예술은 모두의 것이면서 누구의 것도 아니다. 예술은 모든 시대의 것이고 어느 시대의 것도 아니다. 예술은 그것을 창조하고 향유하는 이들의 것이다. 예술은 귀족과 후원자의 것이 아니듯, 이제는 인민과 당의 것도 아니다. 예술은 시대의 소음 위로 들려오는 역사의 속삭임이다." (줄리언 반스, 2017)

조선 시대 왕이 머물던 궁이 다섯 개나 된다고 하면 약간 갸우뚱해진다. 그렇게 많이 필요한 이유가 있었냐는 질문을 할 수 있겠지만 이유를 불문하고 이것도 역사라고 생각하면 그냥 넘어갈 만하다. 뭐, 지금 따져봐야 의미도 없지만, 궁이 많았다고 해서 딱히 후세에 나쁠 것도 없다. 관리하느라고 세금이 낭비될라 나? 줄리언 반스(2017)가 말한 이 문장을 인용

하려는 의도는 폼을 잡으려는 의도도 있지만, 궁에 대해 논의하는 마당에 왕궁 건설과 관련된 소문도 정말 시대의 소음이었을 거란 생각 때문이다. 그래서 우리가 듣는 소음이 역사를 거쳐 채색되면 우리가 접하는 궁은 단순한 건물이란 스토리를 넘어서 '시대'의 건축이 된다. 궁에 대한 이런저런 소음이 역사 속에서 융해됨으로써 오히려 오늘을 사는 우리에게 평온한 안식처가 되는 게 아이러니하다. 콘크리트로 가득 찬 서울에 신선한 산소를 공급하는 허파가 되는 그 자체가 역사의 속삭임은 아닐는지. 그래서 궁을 찾는 것 아니겠는가?

광해군! 살아생전에 그는 궁에서 어떻게 불렸을까? 역사에서 기록한 광해
군은 말 그대로 광해'군'이다. 얕은 지식으로도 광해군에게 조(祖)나 종(宗)
을 붙이지 않았다는 것은 알고 있는 일. 선조니, 세종이니, 정조니 태종이
니. 역사는 광해군이 15년간 왕이었어도 여전히 군이라 말한다. 죽어서야
무슨 의미가 있을까? 후궁 소생 때문이었다고? 글쎄, 장희빈 아들인 경종
과 숙빈 최씨 아들인 영조는 뭐라고! 그들과 광해군과의 결정적인 차이라
는 게 지금 무슨 의미인지 모르겠고, 뭐 역사 전공도 아니니 광해군이나
광해왕(?)이나 보통 사람들 입장에서 뭐가 중요했겠나만 대략 광해군의 패
륜 행위나 외교정책 때문이었을 거라고 짐작할 따름이다. 그 당시 지배계
급과 다른 스탠스를 취한 것은 분명한데, 당시 유교를 신줏단지처럼 모셨
을 지배층의 정서와 매우 달랐을 것은 분명했을 것 같다. 지금은 조선 시
대 궁을 말할 때 광해군 이름이 여러 번 나온다는 사실이 중요한데 왜 그
는 궁의 건설에 힘을 썼을까?

조선이 한양으로 천도하면서 지은 경복궁, 태종 이방원이 지은 창덕궁, 성종이 지은 창경궁, 임진왜란 후 선조가 머물면서 '궁'이란 호칭을 얻은 덕수궁, 그리고 광해군 때 지은 서궐인 경희궁 이렇게 다섯 개의 궁중에서 뒤 2개 덕수궁과 경희궁이 광해군과 관련되어 있다. 덕수궁이란 호칭을 광해군 때 얻었으니 그래서 광해군과 연결되는데 오늘의 주인공은 덕수궁이 아니라 단연 경희궁이다. 조선 후기 왕이 머물던 그런데 지금 다른 궁들에 비해 가장 초라한 궁, 경희궁 말이다. 임진왜란 때 선조가 의주로 도망가자 백성들이 경복궁에 불을 질렀다는데, 선조가 한양으로 돌아와 월산대군 사저인 지금의 덕수궁에 머무르게 되면서 광해군이 경복궁을 중건하지 않고 새로 궁을 지었다는 것은 정설이다. 그래서 서쪽에 있어서 경희궁을 서궐이라고 했는데 반대로 동궐은 동쪽에 있는 창경궁과 창덕궁을 말한다. 이 기간에 경복궁이 조선 정치의 중심이 아니었다. 경복궁은 나중에 흥선대원군이 재건한 후에야 법 궁으로써 다시 역사 속에서 복원된다. 그럼 그사이 경복궁의 용도는 뭐에 쓰였을까?

경희궁(慶熙宮)은 인왕산 자락에 놓여있다. 이곳에서 숙종, 영조, 정조가 머물렀고 특히 영조가 이곳을 좋아했다고 하는데 이 정도면 경희궁이 지금 경복궁 정도 위상을 가져야 하는데 영 아니다. 이유인즉, 이곳이 조선 후기 정치사의 중심이었음에도 불구하고 일제강점기 때부터 이곳이 망가지기 시작했기 때문이다. 일본이 이곳에 경성중학교를 만들고, 경희궁의 전각들을 팔아버리면서 점차 궁으로써의 경희궁이 대중의 관심사에서 사라지게 된 것이다. 이 경성중학교가 나중에 서울 중고등학교가 되고 이 학교는 강남으로 이사 가면서 경희궁이 점차 궁으로써 복원되기 시작하였다. 그래서 복원된 곳이 자정전과 숭정전인데 여전히 예전에 알려졌던 규모 등 그 후광에 미치지 못하는 것으로 여겨진다. 이곳에 가보면 정말 궁으로써의 모습은 간 곳 없다. 전체 궁터 중 반 정도는 서울역사박물관이 차지하고 있고 주변에 건물들이 들어서 있어서 기묘한 모습이다. 이는 경희궁의 정문인 흥화문의 위치가 말해준다. 이문은 설립 초기 조선 시대와는 다른 지금 위치에 세워져 있었는데 원래 자리가 지금의 서울역사박물관 자리라고 한다.

조선 시대가 아니어도 풍수지리가 우리 생활에 진작 영향을 미쳤으니 왕이 머물 거처이기도 한 궁을 건설하는 데 이를 배제했겠는가? 그럼 그렇지 배산임수. 산을 뒤로 궁을 건설했는데 경복궁이 북악산을, 창덕궁은 북악산 자락인 구진봉을 배산으로, 경희궁은 인왕산을 배산으로 삼고 있는 것으로 봐서도 알 수 있다. 우선, 시각적으로 멋있지 않던가. 궁의 권위도 지리적인 위치로 살아나는 것 같고. 이곳 입구인 흥화문 앞에 서면 숭정전의 정문 숭정문 뒤로 보이는 것이 인왕산 자락이다. 인왕산 자체가 높은 산이 아니지만 그래도 배산의 지형을 살리고자 경희궁 전체가 비스듬하게 되어 있다. 이곳의 지형에 조응해서 궁을 지어 궁과 자연이 자연스럽게 어울려지게 지었는데 인터넷에서 확인한 원래 궁궐터를 보면 더 멋스러웠다. 다른 궁과도 비할 바가 아니랄까, 참고로 경희궁의 원래 숭정전은 이곳에 있지 않고 동국대학교에 있는 정각원이 진짜 숭정전이라고 한다. 이것을 누가 얼마에 누구에게 어떻게 팔아먹은 것일까!

예전에 점심때 가봤을 때는 인근 직장인들이 삼삼오오 모여 도시락을 먹는 모습이 보였는데 요즘은 코로나로 언감 생신이겠지? 한참 복원 중이라 궁 입구부터 어수선하다. 혹시나 궁 안으로 들어갈 수 있나 보니 숙정문은 닫혀있고 위 사정전(資政殿)에서는 입장이 가능하다. 숙정문 앞은 복원 중이라는 푯말만 없었으면 이게 궁이야 할 정도로 초라해 보인다. 그나저나 입장료가 없다. 궁은 궁인데 아직 제대로 된 궁(?)이 아니라서 입장료가 없나? 이게 현재 경희궁의 처지인 것 같다. 이곳 숙정전에서 정조가 왕위에 올랐다는데 그 초라함이란. 그건 그렇고 자장전은 마스크만 쓰면 입장이 가능하다. 그래서 냉큼 들어갔다. 들어가 이리저리 둘러보다 어라 뒤쪽으로도 갈 수 있네! 전혀 예상하지 못했던, 사전에 경희궁이 뭔지 알아보지도 않고 간 무례를 용서해 주려고 그랬을까? 거기에 서암(瑞巖)이 있었다. 상서로운 바위, 왕기가 서린 바위라고? 그래서 왕암? 이것 때문에 광해군이 이 터에 궁을 지었다고 한다. 그런데 정작 왕이 될 터에서 나온 왕은 그가 아니니.

경희궁은 기존 경복궁이나 창덕궁 등과 전혀 분위기가 다른데 이는 시대의 아픔을 웅변해 주는 것 같아 마음이 편치 않지만 그래도 그곳에 가면 영조, 숙종, 정조 등 과거엔 감히 얼굴도 제대로 쳐다보지 못했을 왕들이 있었다는 역사적 진실이 가볼 만한 곳으로 자리매김한다. 그리고 광해군이 왕 터가 될 이곳을 미리 찍어 궁을 건설했다는 말들을 소음으로 치부해도 이 궁이 성공적으로 마무리되어 시민들의 안식처가 되면 좋겠다. 그냥 공원 하나 는다고 해도 좋지 않던가. 그나저나 궁의 건설 그리고 그 궁에 머물던 왕과 관련된 이런저런 소음들이 담장을 넘어 우리에게 전달되면서 그냥 여기 와서 한복 입고 사진 한 장이나 달랑 남기지 말라고 속삭이는 것 같다.

24. 광희문, 빛을 멀리 밝히는 삶이라는 게

그저 반가웠다. 여길 와보다니. 이름 때문이었지만 그 이름만 같을 뿐 인과관계가 전혀 없더라도 아스라이 묻어 두었던 기억을 소환해낸다. 마치 빛바랜 낡은 사진 속에서 찾아낸 어릴 적 내 모습을 봤을 때의 그 느낌이랄까? 이래서 앨범이 필요한 것이겠지. 수구문(水口門)으로 불리건 시구문(屍軀門)으로 불리건 이름인 광희(光熙)와 전혀 상관이 없어 보이는데 광희가 '빛이 멀리 사방을 밝힌다(光明遠熙)'라는 의미라니. 이렇게 멋진 뜻이었다니 누군가 이 뜻을 예전에 알려주었다면 내가 나온 학교에 대해 더욱 많은 긍지를 가졌을 텐데. 그나저나 문 하나에 이름이 다르게 불린 이유는 무엇일까?

앞에서 언급한 수구문은 청계천의 물이 한강으로 빠져나가는 오간수문(五間水門)과 이간수문(二間水門) 등과 가까웠었기에 광희문을 수구문으로 불렀다는데 아무리 생각해도 청계천에서 여기까지 지리적으로 멀다. 멀어. 광희문 위치가 여기 아니었었나? 그럼 시구문은? 짧은 국사 실력이지만 시체를 내보내는 문이라 시구문이라 불린 것은 알겠는데 이곳 광희문 밖에 신당(神堂)이 있었는지는 내 어찌 알았겠는가? 당시 이 신당을 중심으로 많은 무당이 모여 무당 촌을 이루고 있어서 신당으로 부르다 갑오개혁 때 발음이 같은 신당(新堂)으로 바뀌어서 지금의 신당동으로 되었단다. 지리에 역사가 합해지면 이런 재미가 쏠쏠하다.

그래도 한양도성의 문이기에 수도의 동남쪽을 지켰는데 지리적으로 숭례문과 흥인지문 사이에 위치한다. 위치로야 흥인지문에 더 가깝지만, 이 문으로 인해 비로소 사소문(四小門)을 생각해 보게 되었다. 인터넷을 뒤져보니 동소문은 혜화문(홍화문), 서소문은 소의문, 남소문은 광희문, 북소문은 창의문이다. 제대로 아는 게 없다. 이런 걸 알게 되는 게 블로그 하는 재미이지만 오늘 와본 광희문과 지난번 가본 서소문은 도성 안의 상여가 지나가는 문으로 사용되었다는데 아쉽게도 서소문은 문 자체가 아예 없다. 문 자체가 소멸한 것인데 이곳을 가보면 서소문을 상징하는 것은 문이 아니라 천주교 성지이다. 천주교 성지? 그렇다. 광희문 앞에는 천주교 순교자 현양관이 있었던데 뭔가 얼추 그림이 그려진다. 그랬다. 광희문과 서소문의 공통점. 이곳을 통해 시신을 처리하였으니 그중에 당연히 천주교 신자가 있었을 테고. 그래서 성지가 된 것이라는 당연한 결론.

결국, 사대문으로는 산 사람만 들락거렸다는 것이고 특히 사소문으로는 평민들이 많이 오갔을 것으로 생각되는데 이 문이 누구한테는 그저 황천길로 가는 입구였겠지만 그 누군가가 천주교 신자라면 얘기가 좀 달라진다. 1801년 신유박해 이후 무수히 많은 천주교인이 세상을 떠나지 않았던가. 그래서 서소문 자리에 천주교 성지가 크게 자리 잡았던 것이고 이곳 광희문도 천주교인들한테는 성지로 여겨질 수밖에 없겠다. 그래서 더 아쉬워지는 게 서소문이 남아있었다면 하는 아쉬움이 크다. 문이란 형체라도 있었으면 사대문뿐만 아니라 사소문으로 말이다.

좀 더 알아보니 한양도성 안에 있던 포도청, 의금부 등에서 병사, 장살, 교수형 등으로 순교한 천주교인들의 시신을 가족이나 친지들이 수습하지 못하면 광희문 밖으로 운반해서 버렸다고 한다. 그래서 시구문으로 불렸지만, 광희문의 광희가 더 남다르게 느껴진다. '빛이 멀리 사방을 밝힌다.' 이 빛이 신께 구원을 비는 혹은 신을 향한 구원의 빛이라면. 그래서 광희문이 다르게 보인다. 이제야 와본 이제야 새롭게 느낀 믿음의 길. 이곳을 통해 794명의 순교자가 이 문을 통해 버려지고 근처 공동묘지에 묻힌 곳. 그래서 남소문이 아니라 당당히 광희문으로 불리는 게 당연한데 이렇게 싹둑 잘린 반쪽의 문이지만 이제 평범하게 느껴지지 않는다. 도시개발에 밀려 제대로 복원되기 어렵지만, 굳이 표현하자면 비정상의 정상화인 것 같다. 비정상적으로 복원되었지만, 문이 가지는 상징성과 역사성이 제대로 복원되었으니 정상화라고 표현할 수 있겠다. 걸어서 여기에 오지 않았다면 어찌 알았을까 우리의 역사를.

25. 흥인지문, 동대문이 아니라니까

어? 어디로 갔지? 병원이 목동으로 간 건가? 이 자리에 흥인지문공원?

지하철로 목적지만 가다 보니 세상이 어떻게 돌아가는지 모를 때가 많다.

그러다 밖으로 나와 걷다 보면 못 보던 건물이 들어서 있다. 그렇게 인간

만 변하는 게 아니고 도로, 건물도 변한다. 우리가 느낄 때면 벌써 변화된

상태인데 이곳에 오래간만에 와보니 역시 그렇다. 유독 변하지 않은 게

동대문이다. 그렇지 이 동대문을 보러 온 것인데 옆에 공원이 있다. 언제

생긴 거지? 공원이라고 불리기에는 작은 듯하지만 뒤에 성곽이 둘러싸여

있어 나름 어울린다. 여기서 내려다보는 동대문이 안쓰럽게 보이기도 하지

만 이곳 공원과 동대문, 그리고 멀리 동대문 디자인플라자가 묘하게 서로

섞여 있다. 어울리는 듯 어울리지 않는 듯.

청계천을 걸어 동대문 근처까지 와도 이곳 일대를 돌아보지 못하고 바로 돌아갔기에 이곳의 변화는 생소하기도 하지만 새삼 참 역동적인 장소라는 생각이 든다. 의류 패션 산업으로 유명한 이곳의 산업 규모가 얼만지 모르겠지만 삐쭉 삐쭉 높게 들어선 건물들이야 그렇다 치고 이곳에 있는 재래시장 인구까지 사람들로 북적이는 것을 보니 이곳 유동인구가 상당히 많아 보인다. 버스와 화물트럭, 여기에 물건을 나르는 오토바이까지 정신 없이 오간다. 전형적인 오피스 동네인 광화문이나 종로하고는 분위기가 확연하게 다르다. 오가는 사람들의 모습부터 근처 가게들까지 상권이 완전히 다른 곳이다. 그런 이곳에 홀로 꿋꿋하게 선 동대문. 흥인지문이라는데 보물 1호다. 국보보다 격이 떨어지겠지만, 숭례문(崇禮門)은 국보 1호이고 흥인지문은 보물 1호? 뭔 차이? 숭례문(남대문)이 화재 때문에 국보 1호인 것은 알았는데 흥인지문(동대문)이 보물 1호?

숭례문과 흥인지문(興仁之門)이 국보 1호와 보물 1호가 된 것을 일본이 결정한 것이고 한양도성을 파괴하면서도 두 대문을 남겨둔 것은 임진왜란 당시 이문을 일본 장수들이 통과해서 남겨둔 것이란 내용이 그저 슬프지만, 결코 자랑스럽지 않은 역사도 역사니 어찌하랴. 정궁인 경복궁과 숭례문 여기에 북한산과 관악산과의 관련 내용은 여기서 다룰 내용은 아니니 생략하지만 지우고 싶어도 지워지지 않는 역사적 치욕 거리를 통해 후대가 배워 반복되지 않았으면 하는 바람이다. 그래서 동대문이 아니라 흥인지문이고 남대문이 아니라 숭례문이라고 불러야겠다. 더불어 사대문의 호칭이 인의예지에 기초했다는 것은 언급해야지. 흥'인'지문의 인이 인의예지의 인(仁) 말이다.

흥인지문 상권이 숭례문 상권보다 큰가? 어느 쪽이 유동인구가 많지? 그러고 보니 둘 다 대형 재래시장 곁에 있네. 큰 문 주변이 예로부터 유동

인구가 많아 상권이 당연히 발달했을 텐데 얼핏 느끼기에 흥인지문 쪽이 더 사람들이 많은 것 같다. 인구와 교통이 더 혼잡해 보여서 드는 생각인데 지하철역과 연결되어서 그런가? 그런데 흥인지문을 평지로 내려와 보니 그저 올려다볼 뿐 옹성(甕城)으로 인해 거의 보이는 게 없다. 흥인지문 공원에서 내려다보는 것이 훨씬 좋다. 성문 주변이 도로로 활용되니 대문으로써의 위상도 없고 그저 도시의 삶에 지친 늙어가는 사내 뒷모습을 보는 것 같아 개운하지 않다. 달리 대안이 없겠지만 사대문 안이라도 복원이 제대로 되었으면 하는 바람만, 헛되다고?

이 문은 1396년 태조에 의해 건립되어 1453년 단종 때 중수되고 1869년 고종 때 개축된 것이 현재의 모습이다. 여기까지다. 흥인지문 건축양식을 논하자니 뭐 아는 게 있어야 논할 텐데 아는 체하기도 그렇지만 이상하게 문이 주는 감흥이 별로 없다. 왜 그럴까? 걸어와서 지쳐서 그런가? 아니면 한양도성과 연결되지 못한 번화한 대도시 한복판에 서 있는 게 어색해서? 시각적으론 현대적인 동대문 디자인플라자가 이 근처 분위기에 더 어울려 보인다. 예전에 '우리 것이 좋은 것이여'라는 말에 혹했던 것 같은데 뭐 탱자면 어떻고 감귤이면 어떨까! 그저 다 우리 것이거늘. 아쉬운 것은 한양도성, 흥인지문, 청계천, 동대문 역사공원, 광희문 등 이곳을 둘러싼 많은 우리 콘텐츠들이 높은 건물들에 의해 기가 눌려있는 것 같다는 것인데, 어쩌다 들른 뜨내기가 보기에 그렇다는 것이지만 다시 도시재정비가 되면 좀 더 좋아질 것으로 기대해 본다. 그나저나 어떻게 돌아가지? 오늘은 몸이 무겁게 느껴지는 게 단순히 발바닥이 아파서 오는 것만은 아닌 것 같다. 몸이 쉬라고 보내는 신호인 것 같아 그냥 따라야겠다.

정문이 옹성이 가려 답답한 모습이다. 키가 작아서 그렇게 보이나!

26. 숭례문, 우연히 걷다 들렀는데

우리나라 국보 1호는? 없다.

아 그게 달라졌다. 문화재 앞에 붙는 지정번호가 없어졌다. 국보 몇 호, 보물 몇 호 이런 호칭을 더 쓰지 않는다. 국보 1호가 숭례문으로 1호란 의미 때문에 가장 가치 있는 것으로 알려졌지만 그게 아니라는 것이다. 1호라는 상징성 때문에 숭례문이 정말 1호로써 의미가 있는지 논란이 있었다고 한다. 그 논란의 이유 중 하나가 이 1호란 명칭을 일본이 부여했기 때문이다. 일본이 부여한 것도 상징성 때문에 부여한 것이 아니라 행정상의 편의 때문이라고 한다. 일제강점기 때 흥인지문(동대문)과 숭례문(남대문)이 헐리지 않은 결정적 계기가 이 문을 통해 일본인 장수들이 왜란 때 지나갔기 때문이라던데 숭례문은 임진왜란 당시 가토 기요마사가 지나갔다고 한다. 점령군이 당연히 포부도 당당하게 지나갔건만 결과적으로 점령군으로서의 점령 행위가 문을 보존하게 된 계기라니. 뭐 프랑스 개선문도 나폴레옹에 의해서 지어졌지만, 그조차도 이를 보지 못하고 죽었으니 역사가 주는 아이러니가 한둘이 아니다.

사실 숭례문 하면 국보라는 가치보다 숭례문 화재가 더 기억에 남는다. 모든 방송사가 숭례문이 무너져 내리는 상황을 보도했었는데 아직도 그 여운이 남아있다. 그 화마란? 그러다 폐허처럼 변한 숭례문을 지나간 기억이 있다. 그전에도 그랬고 그 후에도 그랬고 남대문 시장과 그 근처를 지나치면서도 한 번도 제대로 문을 본 적이 없다. 그렇게 과거란 가치 여부를 떠나 '지나버린 어떤' 것으로 여겨졌다. 그렇지 지난 시간 부여잡을 수도 없지만 지난 어떤 것에 머물렀던 그 시대를 생각해서 무슨 의미가 있겠냐는 '생각'은 나이에 반비례하는 것 같다. 지난날들이 어느덧 다가올

날들보다 많아지기 시작한 순간부터 과거가 그냥 과거가 아닌 오늘 이 시간과 함께하기 시작했다. 이런 게 어느 정도 세상을 살았음을 방증하는 것이지만 한편에선 앞으로 올 날들이 더 소중하기 때문일 것이다. 그냥 그렇게 하자. 어제보다 오늘 이 순간이 더 중요하니까.

원래는 중림동 약현성당에 가려다 잠시 서울역 쇼핑센터에 들려야겠다는 생각이 든 것은 옷 때문이다. 항상 그렇듯이 황사와 미세먼지만 아니면 봄이 주는 그 싱그러움이야 어찌 비교할 대상이 있던가. 온전히 오는 봄을 즐기기 위해 자전거 라이딩을 하려는데 옷이 부족해서 사려고 했었다. 그래서 서울역 쪽으로 쫄래쫄래 걸어가던 차 갑자기 숭례문이 눈에 들어왔다. 항상 그 자리에 숭례문이 있었건만 오늘은 왠지 가보고 싶었다. 어떻게 달라졌을까 궁금하기도 했다. 그래서 길 건너 가본 대문. 그래 대문이었다. 앞에 열병한 병사들이 있어서 뭔가 달라진 것 같기도 했다. 예전엔 없었기도 했고 뭔가 관리되는 듯한 이 느낌. 그래, 정확히 안도감이다.

누군가 지나간 역사를 관리한다는 다시는 화마가 삼키는 모습을 보이지 않을 거라는 믿음. 이런 믿음은 항상 좋은 것 같다.

그런데 멀리서 볼 때와는 다르게 직접 가서 보니 어라 문이 크다. 그래서 남대문? 이런 큰문을 지나가 본 기억이 없다. 동대문인 흥인지문의 경우 아예 접근할 수 없고 정문 앞에 옹성이 둘러쳐져 있어서 체감을 전혀 못 했는데 숭례문은 아니다. 뭔가 달라진 것 같기도 하고. 예전의 기억과는 뭔가 다른. 그렇구나. 서울역 방면 정문 오른쪽이 남산 쪽으로 이어져 있다. 예전엔 이곳이 로터리처럼 차들이 돌아가게 되어 있어서 문에 다가가는 것이 불편했는데 이제는 대놓고 걸어서 문을 지나갈 수 있다. 불이 나서 2층 전각들이 무너졌든 아니던 국보로서의 가치가 생생하게 살아있는 것 같았다.

숭례문이 처음 건립된 것은 태조 7년(1398) 2월이다. 그 후 세종 30년

(1448), 성종 10년(1479), 고종 연간에 큰 수리를 한 것으로 알려졌다. 근대에 들어서는 1963년에 완전 해체 보수하였는데 다시 2008년 화재로 다시 중건된 숭례문. 언제부턴가 국보 1호가 자랑스러운 우리 유산이 아니었다는 것이 세간에 알려지기 시작했지만, 그 치욕스러운 역사도 우리의

역사임을 받아들인다면 그리고 국보나 보물이 아니어도 우리 역사라는 사실만으로도 직접 본 숭례문이 주는 매력은 차고 넘쳤다. 그런데 여전히 아쉬운 것은 도시계획이 반영되어 최대한 보존할 수는 없었는지 아쉬움이 드는 것도 어쩔 수 없다. 그래서 흥인지문, 숭례문 등은 큰 틀인 한양 도성길과 연관 지어 봐야 할 것 같다. 점심때 쫓기듯 걷는 발걸음이 아니라 좀 더 여유를 가지고 한양도성이란 큰 그림 속에서 다시 짜 맞추기를 해야 할 것 같다. 그래서 살날이 적다는 느낌이 안 든다.

27. 과천 서울대공원, 산림욕장 둘레길 이런 맛이야

예전엔 몰래 들어가는 맛이 쏠쏠했다. 과천에서 매봉을 거쳐 망경대를 가다가, 반대로 서초구에서 과천 쪽으로 넘어오다 들르던 곳. 새가슴이라 들킬까 봐 약간의 불안과 공짜로 동물들을 볼 수 있다는 기대를 했던 시간. 원래 약간의 일탈이 주는 맛이 생기를 주지 않던가. 여기에 8월의 크리스마스라는 영화 때문이지만, '미술관 옆 동물원'이란 말이 주는 감성 때문에 뭔가 기대를 하게 되는 곳. 이런 느낌은 나이와 상관없이 좋은 것 같다. 애초에 젊음이란 마음가짐이기에 늙을 수가 없듯이 어차피 육체적으로 누구든지 늙기에 역시 결국 마음가짐이다.

많은 부분 자연 친화적인 과천에 살아서 생긴 습관이지만 건강 챙긴다
고, 때론 남는 시간을 소화하러 걷던 관악산이나 청계산 산행길. 예전엔
과천 서울대공원 안에 있는 산림욕장은 돈을 내야만 걸을 수 있었다. 과
천에서 청계산 오르다 갑자기 동물들 보고 싶어 찾던 그곳이 이제 무료란
다. 무료! 작년 말부터 시범 운영하다 올해부터 공짜다. 이곳이 진작 산책
하기에 기가 막히게 좋은 곳이라는 것은 진작 알고 있었다. 지금에서야
서울대공원이 번듯했지만, 여기도 초기에는 사람들 발길이 닿지 않는 한적
한 시골과 같았다. 과천이 초기 개발될 당시 서울대공원 놀이시설이 들어
서기 이전 그때를 기억하는 사람이 얼마나 될까. 과거로 잠시 돌아가 아
득한 기억을 다시 소환해본다.

당시 과천에 지하철도 들어오지도 않던 시절이다. 사당에서 내려 버스를 타고 오던 곳. 남태령을 넘을 때 공기가 확 달라지던 그 느낌. 어디나 겪는 개발에 따라 부작용을 과천도 예외 없이 겪어오고 있지만 이런 부정적인 면을 최소화한 것이 어쩌면 청계산에 있는 서울대공원 울타리가 보호했는지도 모른다. 아이러니하지만. 그런 그 길이 완전히 개방이라고 한다. 맛있는 것은 혼자 먹을 때 효용이 높다. 그렇듯 멋진 경치도 남이 모르기를 바라며 지내던 시간이었다. 그렇지만 멋진 경치도 입소문이 나면 사람들이 늘어나듯이 애초에 자연의 경치란 누가 소유할 수 없지 않던가. 자연이야 사람들한테 시달리겠지만 그래도 관리라도 제대로 되면 부작용을 최소화할 수 있듯이 이는 효용에 대해서 가치판단이 전제될 텐데 여기선 잠시 묻어두자.

그래서 마음먹고 걷기 시작했다. 이곳을 걸으면서 잠시 든 생각은 이곳을 걸으면서 설악산, 지리산을 생각하거나 제주도 올레길을 생각하는 사람이 있겠냐는 의문이 들었다. 당연히 없으리라 믿는다. 그들은 서울대공원 산림욕장 길을 걸으러 온 거니까. 그렇지만 말이다. 서울에서 그리 멀지 않은 곳에 이런 곳이라니. 이젠 어딜 가나 지자체에서 둘레길 개발에 열을 올리고 가시적인 성과물을 내기 때문에 별 감흥이 없을 수도 있지만, 과천 초기 개발 역사를 알던 입장에서 보면 와 이건 대박이다. 이 길이 예전엔 유료였다는 것을 생각하면 지금 걷는 발걸음이 더욱 신난다.

이곳의 시작은 서울대공원역에서 서울동물원 입구까지 와야 하지만 뭐 어떠랴. 이곳에 올 정도라면 기꺼이 감수하지 않겠는가. 그곳도 청계산 정상을 바라보며 걷는 맛이란 게. 결론부터 얘기하면 시작부터 걸음을 걷는 내내 느껴지는 포근함이 장난이 아니다. 그리고 걷는 내내 관악산과 청계산을 바라보게 된다. 결국 끝도 청계산과 관악산을 보게 된다. 걷다 보면 이런 지리적 공간이 그리 쉽게 나오기 어려운 생각이 든다. 한마디로 평온함 그 자체 말이다. 유일한 단점이라면 산행에 익숙한 등산객들에게는 여전히 심심하게 느껴질 텐데 어차피 선택의 문제 아니던가.

이곳의 장점을 다시 언급해야겠다. 앞에서 언급한 것처럼 둘레길을 시작할 때부터 끝까지 청계산과 관악산을 볼 수 있다는 것이다. 거기에 호수까지. 비록 인공이지만 풍수를 잘 모르지만, 지리적으로 마음이 안정된다는 느낌이 나만 갖는 것일까. 그런 만족은 주말마다 밀리는 차량과 많은 인파 때문에 몸살을 앓는 듯 보이지만 원래 자연이 어머니 품처럼 따스하고 어머니는 다 받아들여 주시지 않던가. 그나저나 오늘도 인파가 넘친다. 코로나 때문에 다들 지쳤는지 다들 쉬고 싶어서 나왔을 거란 생각에 빨리 이 시간이 지나길 바랄 뿐이다. 오늘은 그저 좋다. 서울대공원 전체가 내 공원, 우리 공원이란 생각을 하니 마음도 조금 넓어지는 것 같다.

28. 천안 광덕산, 헉헉대다 배우는 것은

이쪽에 산이 있는 줄 몰랐다. 서울 올라가는 국도가 막혀 다른 길을 찾다 알게 된 지방도. 구불구불 길을 지나다 나오는 산이라서 마음먹고 한번 들러야겠다고 해서 들른 산. 아산과 천안 경계에 있는데 블랙야크 100대 명산이란다. 남이 정한 명산이란 게 그저 참고일 뿐이다. 어디서 얼핏 봤 는데 남들도 '에게' 이게 명산이라고 하는 사람이 있어서 기대도 하지 않 았다. 우리나라에 산이 정말 많지 않던가. 다들 산의 특색들을 지니고 있 어서 웬만하면 감동하지 않는다. 단지, 그저 오래간만에 정상을 밟고 싶었 다. 그래 정상 말이다. 어느 산이건 정상이 있지만, 그냥 걷다 보면 나올 정상이라도 그런 정상에서 세상을 잠시나마 내려다보고 싶었다.

내려다보면 천안이 다 보인다는데 정말 그랬다. 아, 이래서 산에 왔었지 하고 생각도 했지만 올라오면서 계단이 많아 투덜투덜하고 올라왔었다. 몇 미터 남았는지 알 수 없는 이정표를 보면서 참 야박하다고 생각했지만 어쩌면 이 산이 그래서 광덕산이라고 했는지도 모르겠다는 발상도 해본다. 산에 와서 덕을 배우고 가는 게 아니라 정상을 향해 오르면서 참고 인내해야만 덕이 쌓일 것 같은 산. 광덕산 유래야 절 광덕사에서 왔다지만 예로부터 산이 넓고 후덕한 산이라는 명성(?)은 내려오면서 절감하게 되었다. 이름이 정말 아깝지 않은 산이었다. 내려오면서 걷는 육산의 맛이란 게 이런 것이지 하면서 걷는데 산세가 제법 넓고 중후한 것을 알게 된다. 산의 높이는 699m 정도인데 그리 높지는 않지만 궁시랑 구시렁대다 보면 어느새 정상에 다다를 정도라서 크게 무리한 산은 아니다. 일찍 도착해야 공영주차장을 사용할 수 있다고 했지만 의외로 자리가 쉽게 난다. 이유인즉 오전 9시쯤 산에 오르는데 내려오는 사람들을 많이 만났다. 대중교통이 편한 곳이 아님을 가정한다면 참 부지런한 사람들이다. 하루를 길게 사는 사람들이라 생각하니 이제 계단을 헉헉거리며 오르는 내 모습이 애처롭다. 오랜만의 산행 때문인지 자연스럽게 나오는 숨소리를 듣느라 그리고 흐르는 땀방울을 닦아내느라 정신이 없다. 그런데 아, 그런데 기분이 점차 좋아진다. 어젯밤 푹 자지 못해서 예민해진 마음이 점차 관대해지고 있다. 산이 주는 마력이 틀림없다. 덕이 쌓이는 게 확실하다.

하산 길로 정해서 내려오면 마주칠 것으로 예상한 장군바위지만 기대하지 않기를 잘했다. 그리고 보니 사는 게 그런 것 같다. 생각이란 게 한번 머릿속을 휘감으면 기대를 하게 마련이고 그렇다 보면 그에 대한 감상이 스며드는데 미리 안 하길 잘했다. 그냥 이정표로써 장군바위. 뭐 그러면 된거지. 뭔 기대. 그런데 생각을 달리하니 이만한 바위가 없지 싶다. 역시 생각이다. 달리 보면 달리 보이는 생각이란 놈의 마력. 생각하지 않게 땀을 많이 흘려서 몸이 한껏 가벼워져 기분이 좋다. 그래서 내려올 때 보이

는 풍경이란 게 광덕산의 속살을 인 것 같아 광덕산을 조금이나마 느낀
것 같다. 그래서 속살이 어떠하지? 평온했다. 내려오는 내내 큰 개울은 아
니지만, 개울 따라 물소리 들으며 걷는 길이 전혀 심심하지 않다. 그러다
언 듯 언 듯 보이는 맞은편 산세가 편안하다. 보는 시야를 거스르는 게
없다. 비록 한쪽 면, 천안 쪽만 알게 된 것이지만 아산시 쪽에 있는 강당
골를 걸어봐야 제대로 산에 대해 정리가 될 것 같다. 뭐, 안 돼도 그만.
그렇지 않아도 광덕산일 텐데. 강당골쪽 산행은 어떨까 정도만 남겨두고.
오늘은 여기까지.

서울에는 올라가야 하고 고속도로나 국도에서 시간을 허비하고 싶지 않고
그래서 밤에 달렸던 그 길을 낮에 이렇게 달려오니 역시나 보이는 게 다
르다. 천년 사찰 마곡사를 지나서 계속되는 이리저리 굽은 지방도가 주는
매력이 알차다. 단지 과속방지용 둔덕이 많아 내 낡은 차가 많이 시달렸
을 것 같은데……. 봄은 이곳 시골구석 구석에도 여전히 찾아왔다. 아직은
밤꽃이 피지 않았고 한낮 날씨는 20도를 훌쩍 넘겼지만 그래도 달리는 내

내 기분이 좋았다. 그제 비 온 덕인지 사방이 깨끗하고 꽃향기가 지천인 듯싶다. 산행하기를 잘했다 싶다. 속도에 비례해서 지나는 차창 풍경이 평화롭다. 마음에 그사이 덕이 쌓였는지 모든 것이 너그럽게만 느껴졌다. 산행의 효과일 것이다. 산에서 내려오면서 혹시나 서울 가는 길이 평택부터 차가 막힐 것 같아 서둘렀지만, 갑자기 왜 이럴까 싶었다. 왜 이렇게 쫓기듯 살아야 하는 건지. 늦으면 늦는 대로. 막히면 막히는 대로. 그냥 그렇게 살면 되는 것을. 좀 늦게 가면 어떻소? 라고 산이 말하는 듯하다.

참, 이 산은 호두에 대한 유례가 있다. 고려 시대 묘목을 가져와서 심어서 이곳에서 호두가 퍼졌다는데……. 그래서 천안이 호두과자로 유명한 건가?? 광덕사 앞 아주 큰 나무가 있다. 이런 고찰에 이런 명품 나무쯤이야 당연한데 호두나무다.

그나저나 오늘 산 오르며 헉헉대다 배운 게 뭔고!

29. 수원 화성, 아! 오늘은 여기까지

유튜브에서 '영국 남자'를 본 적이 있는지? 구독자가 300만을 넘는 아주 인기 많은 재미있는 프로그램. 그런데 내용이야 그렇다 치고 끝날 때 항상 내뱉는 말이 있다. "오늘은 여기까지." 이 말을 내가 내뱉을 줄 몰랐다. 그냥 하루하루 살다 그래 오늘은 여기까지 하고 자족하며 마무리하는 게 좋지만. 아, 오늘은 그냥 힘들어서 더 못 걷겠다. 그래서 오늘은 정말 여기까지다. 걷는 게 힘들어 계속 헛걸음이다. 이럴 땐 그냥 쉬어야지. 다행히 발바닥이 아프지는 않다. 그런데, 죽기 전에도 덤덤하게 이 말을 내뱉을 수 있으면 좋겠다. 내 인생은 그냥 여기까지.

뭐 서설이 길까? 불현듯 들렀던 수원 화성. 거리가 얼마나 먼지, 크기가 얼마나 되는지 잘 모른 채. 딱 하나 기억한 것이라곤 주차장 정도 확인하고 그냥 왔다. 앞서 산 너머 물 건너 이곳저곳 들러보느라고 몸이 힘들어하던 차에 그래도 가는 길이니 그저 들러보자고 해서 왔는데, 아, 이게 아니다. 규모가 장난이 아닌데. 뭐, 서울 사대문 안과 비교해보면 그리 크지 않지만 얼마나 관심이 없었던 것일까? 아예 지식이 없었다. 그러니 이렇게 넓을 줄 몰랐겠지. 주차허용 시간 3시간. 뭐 가능하겠지 하고 걸었는데 어라 몸이 말을 듣지 않는다. 안 되겠다는 생각이 들었다. 다리가 말을 듣지 않는다. 지는 석양이라도 내리쬐는 해가 비록 늦은 오후 시간인데도 만만치 않다. 더운데 시원하다. 이런 표현이 맞나? 바람 불어 좋은 날이다. 그것도 정말. 다음에 다시 와야 하려나 보다. 지도도 보고 계획도 세우고 걷는 방향도 잡고 여기에 적당히 간식거리도 장만해서 말이다. 급한 것은 아니지만 제대로 돌아봐야겠다.

동장대. 뭐 연무대? 논산에 있는? 이름이 같다. 동장대의 다른 이름이 연무대인데 아무튼 조선 시대 장대(장수가 군사를 지휘하던 곳)가 있는 곳.

그렇지 그러니 육군 논산 훈련소에서 같은 이름을 썼겠지. 이곳부터 걸었다. 시계방향으로. 왜냐고? 햇빛을 좀 더 피하려고. 그런데 동장대. 이름이 멋지다. 그렇지만 뭐 나랑 멀어도 참 먼 것 같다. 애초에 싹수가 노래서 장수될 확률이 없었으니. 아니지. 멋진 장수 좀 되고 싶다. 정치군인 말고 정말 참 군인. 이순신 같은. 또 비약이지만 정말 성웅 이순신 같은 인물이 될 수만 있다면 그리고 싶다. 다시 태어나고 싶다.

다시 동장대. 어느 각도로 보건, 이 건물 주변이 시각적으로 시원시원하다. 이곳에서 보이는 전경 말이다.

더불어 파란 하늘과 녹색 잔디와 그리고 연. 그렇다. 연이 하늘에 그득하다. 뻥친 건데 사진을 다시 보니 뭐 뻥친 것 같지 않다. 이렇게 멋지게 보이다니. 다시 날씨 얘기. 바람이 많이 분다. 아주 많이. 연을 날리기에는 아주 적합한 날씨. 공간이 탁 트여 막힐 게 없으니 이리 사람이 몰렸겠지.

그런데 연을 날씨는 사람들의 솜씨가 한두 번이 아닌 듯 정말 잘 날린다. 거기에 애들까지 더불어 신나 보인다. 나도 어렸을 적 저렇게 연을 날리며 좋아했으려나? 순간, "이것은 소리 없는 아우성"으로 시작하는 시가 떠오른다. 그렇다. 시! 정말 까먹고 있었던 단어. 시! 연이란 단어만큼 싱싱한 단어. 시까지 떠오르다니 오늘 그냥 뿌듯하다. 시가 생각나다니. 디지털 시대에 4차 산업혁명이 어쩌고저쩌고 떠들어대야 먹히는 시대 같은데 시라니. 그것도 가장 아날로그일 것 같은 그 시 말이다.

깃발/유치환

이것은 소리 없는 아우성.

저 푸른 해원(海原)을 향(向)하여 흔드는

영원(永遠)한 노스탈쟈의 손수건.

순정(純情)은 물결같이 바람에 나부끼고

오로지 맑고 곧은 이념(理念)의 표(標) ㅅ대 끝에

애수(哀愁)는 백로(白鷺)처럼 날개를 펴다.

아! 누구던가?

이렇게 슬프고도 애달픈 마음을

맨 처음 공중에 달 줄을 안 그는.

그러고 보니 성곽 주변에 깃발도 나부낀다. 사실, 연을 보고 깃발이란 시구절이 생각난 건데 그러고 보니 성곽을 따라서 깃발이 많다. 나름 재현을 해놓은 건데 뭐 시간을 품지 않아서 생경해 보이지만 그럭저럭 어울린다. 중요한 것은 고색창연해 보이지 않지만, 연과 더불어 바람에 저항하며 아우성치는 모습이 성곽과 정말 잘 어울린다. 그래서 유치환의 시를 다시 생각하고 또 생각해 보니 깃발보다 연이 더 적합한 것 같다. 오늘 이 풍경에 말이다. 유치환이 본 깃발이 오늘 본 깃발일 리야 없겠지만 아, 오늘 그냥 좋다. 바람도 많이 불어서 좋고 하늘에 두둥실 그저 바람에 맡긴 저 연이 마냥 부럽기도 하다. 이런 느낌을 다음에 다시 와도 느낄 수 있을까? "저 푸른 해원을 향하여 흔드는 영원한 노스탈쟈의 손수건" 같은 감흥 말이다.

오늘은 동장대부터 시작해서 봉돈(烽墩)까지 걸었다. 아니 더 걸었는데 기억하기 좋게 그냥 봉돈 까지 걸었다고 하자. 다들 알다시피 정조가 지었다는. 근데 뭐 정조가 지었겠나? 잘은 모르지만, 정약용과 계획도시와 복원된 지금의 화성. 그래 오늘 정말 여기까지다. 다음엔 좀 더 역사 공부하고 다리품 더 팔고. 미련 없이 다시 와야겠다. 다시, '오늘은 여기까지.'

30. 동해 두타산, 그저 걷다 보니 이게 수행인 듯

아, 근래 이런 산행이 있었던가. 체력이 완전히 바닥이다. 풀린 다리. 돌아올 때 느낀 그 암담함이라니. 동행한 선배가 아니었다면 다 마치지 못했을 아마 포기했겠지. 중간에 말이다. 준비되지 않은 산행. 즉흥적으로 떠난, 원래는 월악산 가기로 했는데 가는 길에 동해를 볼 수 있다는 마음으로 선택한 곳. 사실 유튜브에 두타산 배틀 바위가 좋다는 내용을 누가 올려놔서 혹했다. 그게 전부인 그래서 선택한 산. 그리고 얼마나 걸을 줄모르고 시작했다. 결론, 비경이라고 할 장소였다. 금강산 다음으로 아름답다는데 그건 모르겠고. 금강산을 가보지 않았으니. 그리고 그냥 내가 대견했다. 산타는 사람들이 들으면 그 '정도' 가지고 라고 했을 테지만 산에서 9시간 39분 걸은 게 나한텐 최장 시간이었다.

결국 무리를 한 건데 이유는 정상한 번 가야지 했던 말에 아무 생각 없이 응했다. 정상? 그래 정상 말이다. 두타산 정상. 사람들 누구에게나 있는 정상. 살면서 한 번은 겪어봤을 그 정상. 아니면 정상이라고 느끼던가. 아마, 정상에 다다르지 못해서 더 절실했는지 모른다. 개별 산행의 정상이 아닌 평범하지만 그래도 그 평범한 삶 속에서도 꿈틀대는 욕망의 최고점 말이다. 그런데 일상 속에서 정상은 주관적일 수 있지만, 산은 다르다. 정상 없는 산이 있던가. 높고 낮음의 차이뿐일 텐데. 대부분의 사람이 산에 가면 정상에 오르고 싶어지지 않던가. 이왕 왔으니 더 올라갈 곳이 없는 그곳. 다들 그래서 정상까지는 올라간다. 적어도 산을 좋아하는 사람이라면 말이다. 남들과 비교할 필요도 비교를 당하지 않아도 되는 산. 그게 산의 정상과 사람들이 자기 인생에서 오르고 싶어 하는 정상의 차이다. 산이 비교를 하던가. 사람이 비교를 하는 거지. 산에 오르는 것은 정직하다. 체력과 시간이 되면 오를 수 있는 그래서 다들 산이 아니라 산의 정상을 밝고 싶어 하는 것 같다.

오래간만에 수다를 떨어서 그런지 어떻게 동해에 왔는지 모른다. 분명 서울에서 만났으니 출발지는 서울인데 그러다 언 듯 언 듯 보이는 바다. 그만큼 쌓인 게 많았다는 얘기인데 그래서 때론 동행이 필요하고 좋은 것 같다. 남과의 물리적 대화. 그래서 얻어지는 화학적 해소. 그게 뭐든 그런 만남이 좋은 만남일 것이다. 그런데 지리적인 동해는 어릴 때 품던 환상의 그 '동해'가 아니었다. 이제는 교통편이 좋아져 언제든지 차 타고 올 수 있는 곳. 그래도 오래간만에 바다 옆 고속도로 휴게소에 앉아 잠시 품은 생각만큼은 다 좋은 게 아니었다. 나이가 든다는 것은 지난날 가졌던 설렘과 기대가 줄어들었음을 확인하는 것이기도 해서 그리 좋은 기분은 아니었다. 경치 빼고. 기억하는가? 어릴 적 시골에 갔을 때 느끼던 기억들이 시간이 한참 지난 후 같은 장소를 다시 방문했을 때 느끼던 그 실망감. 내가 커서 그런 것인지 그땐 다 커 보이던 것들이 이제는 다 작아 보이거나 왜 이렇게 의미를 부여했던가 하던 감정. 분명히 익숙했었지만 익숙했던 감정으로 대하기에는 달라진 현실. 이것을 받아들이는 게 살아가는 게 아닐는지.

동해 보면서 감상에 젖기도 전에 '낯섦'이 갑자기 펼쳐진다. 아! 광산. 조금까지 푸른 동해 이 바다를 보러 왔지 하던 차에 차는 어느덧 낯선 적어도 나한텐 익숙하지 않은 풍경을 보여준다. 예전부터 있었던 지금도 있는 광산. 내 생활과 조금도 연결되지 않을 것 같았던 이곳. 삼척이 광산 도시

였구나 하던 차에 차는 어느덧 두타산 입구에 도착했다. 대체로 산행은 이곳을 들머리로 삼는다. 그런데 평일 월요일인데 주차장에 기대보다 사람이 많다. 산악회 버스도 보이고. 나중에서야 그 산악회가 대전에서 왔다는 것을 알았지만 이 먼 곳까지. 아니지. 지금은 사통팔달이다. 고속도로가 정말 거미줄처럼 쳐 져서 서울에서도 웬만한 곳은 당일 산행이 가능하다. 좋아졌다. 필히 좋아진 것이다. 지리적 거리가 줄어들어야 심리적인 거리가 줄어들지 않던가. 이런 것이야말로 100% 인정해도 좋다. 좋아진 것이다.

두타산(頭陀山, 1353m)이 백두대간에 있는 산은 아니지만, 옆에 있는 청옥산 어디부턴가는 연결된다고 하던데 아직까진 백두대간이란 말에 그리 설레지 않는다. 다 연결해서 걷고 싶은 마음은 없으니 진정한 산 꾼이 아

니다. 그냥 의미를 부여하고 싶지 않다. 그나저나 이 산에 오를 때는 몰랐는데 나중에 알아보니 정상 부근이 첨봉을 이루고 있다는데, 나중에야 이 지역이 화강암이 발달한 곳이라는 것을 알았다. 그래서 하천 계곡이 발달

해서 무릉계곡이라고 이름이 붙여졌겠고. 정말 그 이름 값한다. 멋지다. 좋다. 풍광이. 그래서 육산처럼 보이지만 걷다 보면 육산이 아니구나 하는 생각이 들게 하는 산이 두타산이다. 이곳에 산성이 있다는 의문은 나중에서야 풀렸다. 이곳이 신라 시대 변방이었다는 그래서 산성이 필요했구나 하는 사실. 그런데 능선을 걷다 드는 생각은 이곳의 풍경이 절경이라서 명승지로 선정된 것은 충분히 이해되는데 그런 배경엔 식생이 한 목 했을 것 같다. 나무들이 장난이 아니다. 보이는 나무마다 그저 멋있다. 금강송, 잣나무 등등 바위와 어울리는 나무들이라니. 그래서 명산이었을 것이란 생각을 더 하고.

두타산이 예로부터 삼척 지방의 영적인 모산(母山)으로 숭상되었으며, 동해안 지방에서 볼 때 서쪽의 먼 곳에 우뚝 솟아 있기 때문에 정기를 발하는 산으로 여겨져 민중의 삶의 근원이 된다고 여겼던 산, 이라서 그런가. 정말 그렇게 생각들 정도다. 그래서인지 뭐 이런저런 얘기가 많다. 이 먼이 깊고 험한 산에 산성이라니. 앞에서 언급했던 산성. 뭐, 고구려와 국경을 맞대고 있었으니 그렇다 치고. 고려 충렬왕 때 이승휴(李承休)는 정사(政事)를 간하다 파직당하자 이 산에서 은둔생활을 했다는 둥, 이승휴는 누구지!! 당시 삼척 부사로 재직했던 김효원이 『두타산 일기』에서 금강산 다음으로 아름다운 산을 두타산으로 꼽았다는 둥, 더불어 하산길 내내 같이 한 무릉계곡 하단부에 봉래 양사언의 석각과 매월당 김시습을 비롯한 수많은 시인 묵객들의 시가 새겨져 있는 것을 본다면 인정하게 된다. 음, 좋은 산 왔다 간다고. 말은 그저 좋은 산이라고 말하지만, 머리는 아니다. 아, 절경. 그렇지. 이런 풍광을 절경이었다고 해야 않겠는가. 아쉬운 것은 저질 체력으로 인해 계곡을 좀 더 음미하지 못했으니. 벌써 사방은 어두웠고. 이제 서둘러 서울 가야지 하는 생각으로 내려왔던 하산 길.

그런데 이 산에 왜 왔더라? 그렇지! 베틀 바위 때문이다. 뭐, 심오한 불교 철학 논하려고 왔겠어? 베틀 바위와 동해 그 바다 보러온 것 아니던가. 이날 베틀 바위를 볼 수 있는 전망대에는 뭔가 부산한 움직임이 느껴졌다. 하늘에는 드론이 날고 어디선가 익숙한 얼굴과 이름. 익숙한 이름에는 KBS 영상 앨범 산이란 로고가 붙은 카메라와 익숙한 얼굴은 '자연에 빠지다'를 운영하는 유튜버가 보였다. 그렇지. 이런 풍경을 독점할 수 없겠지. 예쁜 아가씨에 한눈팔다가 정신 차리고 다시 둘러봐도 봐도 더 예쁘다. 그냥 무릉계곡이라고 붙인 게 아닌 듯했다. 배틀 바위 주변 모습이 당연히 무릉계곡일 리가 없지만, 무릉계곡 이미지가 선경, 신선이 노닐 듯한 경치 아니던가. 신이 도와주셨는지 어제 비가 엄청나게 와서 산 정상 부근에서 쏟아지는 폭포가 장난이 아니다. 날씨가 덥고 비가 오지 않으면 생기지 않을 모습이건만. 아, 그렇구나. 그러고 보니 두타산 지형이 전체적으로 화강암 지대인 것을 다시 확인했다. 그래서 소금강이라고 했던데 소금강이 여기 말고 또 있지 않았나?

동행한 선배의 배려로 겨우겨우 기어서 내려왔던 두타산. 그렇게 오늘 하

루도 지나갔다. 행복하게.

근데 두타산의 두타(頭陀)가 무슨 뜻이더라? 불교 용어인데 속세의 번뇌를 버리고 불도(佛道) 수행을 닦는다는 뜻이라! 오늘 그저 걷다 보니, 바닥난 체력을 끌다 보니, 이게 수행인 듯싶다. 그저 걷다 보니 걷다 보니 깨달아지면 얼마나 좋으련만!

1) 이 문장이 어디서 비롯되었는지 나중에 알게 되었다. 그게 라인홀드 니버가 쓴 평온을 위한 기도 첫 문장이다.

2) 아리아노스(2008). 《신의 친구 에픽테토스와의 대화》. 사람과 책.

3) 유발 하라리(2017). 《호모데우스》. 김영사.

4) 엘리자베스 퀴블러·데이비드 케슬러(2006). 《인생 수업》. 이레.

5) 줄리언 반스(2012). 《예감은 틀리지 않는다》. 다산책방.

6) 낙후된 구도심 지역이 활성화되어 중산층 이상의 계층이 유입됨으로써 기존의 저소득층 원주민을 대체하는 현상을 가리킨다.

7) 조지프 콘래드(2008). 《어둠의 심연》. 을유문화사.

8) 얀 마텔(2017). 《포르투갈의 높은 산》. 작가정신.

9) 홍은택(2006). 《아메리카 자전거 여행》. 한겨레출판.

10) 홍은택(2013). 《중국 만리장정》. 문학동네.

11) 김훈(2007). 《자전거 여행 1》. 문학동네.

12) 안도현(1997). 《그리운 여우》. 창작과 비평사.